최적의 거리

최적의 거리

강연화 소설집

강

차 례

초읍의 시

오늘의 목표는 터프가 가장 좋아하는 민둥산까지 가는 것이다. 민둥산 소나무 둥치 아래 우리 터프를 잘 모셔드려야지. 십오 년 동안 함께했던 터프는 나의 둘도 없는 친구니까. 아니, 동생인가 형인가. 중요한 건 끝까지 터프와 함께하는 것이다. 1코스로 갈까, 2코스로 갈까. 어느 길로 가든 두 길이 만나게 되니까 상관없지만 터프는 1코스를 약간은 더 선호했었지. 그렇다면 1코스로 정하고 초읍동 산책길을 한 바퀴 돌기로 하자.

터프와 나는 골목을 빠져나와 비스듬한 길을 올라간다. 타이어 가게를 지나 철물점을 지나 게낙찜 가게 앞에 멈춘다. 터프는 가게 입구를 장식하고 있는 바윗돌 사이에서 꽃게라도 파낼 듯이 코를 박고 있다. 이제 막 피기 시작한 철쭉꽃 냄새도 빠트리면 안 되지. 지난가을 떨어진 낙엽 냄새도.

터프야, 빨리 가자.

고집이 무척이나 센 녀석은 실컷 냄새를 맡고 난 후 발길을 옮긴다. 바위 위에 오줌을 갈기고 만족한 듯 앞서 나간다. 터프를 재촉해서 초읍부동산과 시민도서관을 지난다. 바로 앞에 산으로 올라가는 샛길이 보인다. 그냥 지나칠 터프가 아니다. 언덕 위 풀냄새도 맡아야 하니까.

일단 스톱.

목줄을 내 쪽으로 바짝 당긴다. 등산객들이 무리를 지어 내려오고 있다. 피하고 싶은 것은 꼭 만나게 된다. 제발 아무 말도 하지 말고 지나가기를 바란다. 바라는 것은 반드시 어긋난다. 한마디 내뱉고 지나가야 직성이 풀리는 사람들이 있다. 못생긴 사람들은 터프에게 못생겼다고 하고, 뚱뚱한 사람들은 살 좀 빼라고 비아냥거린다. 터프는 그들에게 무슨 말을 하고 싶을까.

자, 이제 사람들이 다 지나갔다. 터프야, 가자.

다시 한번 말하지만 오늘은 특별한 날이니까 산으로 곧장 올라가지 않고 터프가 좋아했던 초읍동 산책로를 빠짐없이 도는 것이다. 저 멀리 야구장에 불빛이 환하다. 누군가 홈런을 쳤는지 함성 소리가 하늘을 찌른다. 겨우내 조용하던 야구장에도 봄이 왔구나. 텅 빈 운동장에 주인 없는 의자들만 찬바람을 맞더니 이제야 경기가 열린 모양이다. 터프야, 이래저래 오늘은 정말 특별한 날이구나.

등산로 초입에 올라 기와집과 매조집을 내려다본다. 나지막한 야산 아래 닭고기와 꿩고기를 삶아 파는 집이 있다. 낡은 기왓장이 떨어질 것만 같은 기와집 옆에 봄바람에 날아갈 듯 펄럭대는 비닐하우스가 보인다. 벚꽃이 꽃망울을 터트리기 일보 직전이다. 앞마당에는 색색의 자가용이 주차돼 있고 공터에는 배부른 사내들이 웃통을 벗고 족구를 하고 있다.

마당에는 종류가 다른 개 여덟 마리가 띄엄띄엄 묶여 있다. 개들의 집은 나무판자로 얼기설기 지어졌고 나름 개들의 입장을 고려해서 찢어진 담요로 둘러놓긴 했다. 놈들이 나를 보고 목청을 높인다. 한 마리가 짖으면

다 같이 짖고, 멈추면 다 같이 멈춘다. 목줄을 풀어달라고 항의하고 있는가. 개들의 공통점은 더럽다는 것이다. 덥수룩한 털이 얼굴을 덮고 있다. 모두 애완견이다. 어디서 버린 개들을 주워온 게 분명하다. 닭고기 삶는 냄새가 개들을 고문한다. 설마 개들도 처형시키는 건 아니겠지. 이곳을 지나칠 때마다 항상 그런 생각이 든다. 캄캄할 때 몰래 들어가서 목줄을 풀어주고 싶다고. 사실 못할 것도 없다. 물지만 않는다면.

니 걱정이나 해라. 제 앞가림도 못하는 주제에.

엄마한테 말을 한 내가 잘못이다.

둘 다 나가. 제발 나가라고.

엄마는 내가 글을 쓰고 있다고 해도 곧이듣지 않는다. 심심하면 터프 산책이나 시키라고 한다. 심심하다니. 글 쓰느라 책상 앞에 앉아 있는 것을 보고도 그러시나. 글이 안 풀려서 죽을 지경인데. 나 바쁘니까 엄마가 나가. 엄마는 내 말을 못 들은 척 드라마를 보고 있었다. 불혹의 나이인 엄마는 요즘 유혹에 빠지지 않으려고 안간힘을 쓰고 있는 것 같다. 아니면 정말 마흔에 불혹인가, 시험이라도 하고 계시나. 저 애가 무슨 매력이 있다고 그래,

난 전혀 모르겠는데. 그러면서도 엄마는 요즘 뜨고 있는 젊은 배우가 나오는 사극 드라마를 재방송까지 보고 있는 것이다. 배우한테서 눈을 떼고 엄마가 말했다. 터프랑 산에 다니면서 살 좀 빼라고. 엄마는 요새 컨디션이 몹시 안 좋은 것 같다. 비쩍 마른 나에게 그런 말을 하시나. 그 정도도 안 하겠다면 밥도 안 줄 거야, 하지를 않나. 시를 쓰면 밥이 나오냐 돈이 나오냐는 말을 안 해서 다행이다. 차라리 터프한테 시를 쓰라고 해라. 그런 말을 안 듣는 게 천만다행이라고.

터프는 나와 함께 나가기 싫다고 목줄을 거부하고 엉덩이를 뺐다. 한참 만에 목줄을 매고 나를 따라나서기는 했으나 내키지 않다는 듯 머뭇거렸다. 나랑 같이 가기는 싫고 산책은 해야겠다는 심보였다. 처음 사흘은 게낙찜가게 앞까지 마지못해 나왔다가 에라 모르겠다, 하고 목줄을 풀고 도망가버렸다. 순식간에 어깨 줄을 풀고 부리나케 집으로 가버린 것이다. 나는 터덜터덜 집으로 돌아갔다. 엄마의 폭풍 잔소리가 쏟아졌지만 개의치 않았다. 어차피 터프는 내가 산책시켜야 하니까. 잘해보자 터프야. 그렇게 터프와 나의 산책이 시작되었다.

야행성인 나는 정오쯤 일어나 눈곱도 떼지 않고 터프를 끌고 나왔다. 귀찮은 일부터 해결하고 나서 중요한 일을 해야 하니까. 대낮에 터프를 끌고 나오면 사람들이 힐끗힐끗 쳐다보았다. 저 남자는 뭐 하는 남잔데 벌건 대낮에 할 일 없이 돌아다닐까. 사람들이 그렇게 생각할 것 같았다. 그건 내 생각일 뿐이고, 실제로 사람들은 주로 터프의 인상에 대해 말했다. 말 대가리처럼 길쭉하게 생겼다고. 시커멓고 못생겼다고. 특이하게 생겼다고. 슈나우저라는 종이 원래 좀 특이하게 생기긴 했다. 생김새에 대해 말하는 사람들도 참으로 다양하게 생겼다. 선량한 인상은 듣기 좋은 말을 하고, 고약한 인상은 기분 나쁜 말을 한다는 것을 알 수 있었다. 특히 노인들은 간섭이 심했다. 곧 죽을 거를 뭐 하러 키우냐고. 옆집 할아버지 같은 경우에는 내가 터프를 데리고 나오면 마치 대문 밖에서 기다리고 있었다는 듯이 욕을 퍼부었다. 사람 먹을 것도 없는데 개새끼를 키운다고. 사료 한 줌 안 사주는 할아버지의 욕을 당연한 듯 들으며 나는 날마다 밖으로 나왔다. 비가 오나 눈이 오나 초읍동을 걸었다. 내 자신이 비참한 기분이 들면 스스로를 위로했다. 천재들은 산책을 많이 한다고. 산책을 하면 영감이 떠오른다고. 그러던 어느 날, 나에게도 영감이 찾아들었다. 그것도 한두 번이 아니라 집요하게, 끝끝내 머릿속을 맴돌았다. 말하자면 터프의 목줄을 풀어주는 것이다. 터프는 자유를 얻고 나 또한 자유를 얻을지니. 나는 나무들이 울창한 곳이나 길 찾기가 헷갈릴 것 같은 곳에서 목줄을 풀곤 했다.

그때가 언제였더라……

소나무 둥치 아래 축축하게 나 있는 이끼에 코를 묻으면 개미들이 터프의 콧잔등을 타고 올랐다. 터프는 꼬물거리는 개미 다리의 감촉이 너무 간지러워 코를 킁, 하고 불어버렸다. 그러면 개미들이 어김없이 떨어져 나갔다. 언젠가 웬 개미 한 마리가 여섯 개의 다리로 터프의 콧잔등을 꽉 붙잡고 떨어지지 않았다. 버둥거리는 녀석을 향해 콧바람을 세게 날려 보냈지만 떨어지기는커녕 터프의 콧구멍 속으로 들어가지 못해 안달이었다. 개미랑 노느라고 녀석은 나를 거들떠보지도 않았다.

잘 있어라, 나는 간다.

나는 녀석에게 작별 인사를 하고 돌아섰다. 얼마쯤 가

다가 돌아보니 터프가 나를 찾느라고 갈팡질팡하고 있었다. 나는 그만 마음이 약해져서 터프에게 다가갔다. 휘파람 소리로 나의 행방을 알려주기도 했다. 터프는 방향을 잘못 잡아 번번이 다른 곳을 헤맸다. 내 휘파람 소리는 너무 작아서, 비가 와서 잎사귀에 떨어지면 그 소리에 파묻혀버렸다. 터프에게 잘 들리게 하려고 휘파람 부는 연습을 하고 다녔다. 어쩌다가 크게 소리가 나면 터프는 눈을 동그랗게 뜨고 나를 쳐다보았다. 나는 헤, 하고 웃어주었다.

언제부턴가 터프는 목줄을 놓아도 더 이상 긴장하지 않고 자기 할 일에 집중하고 있었다. 그런 터프를 보자 나는 갑자기 조급해졌다. 나도 내 할 일을 해야 할 텐데 터프의 뒤꽁무니만 따라다니고 있다니. 쓰라고, 써야만 한다고, 외로운 나의 영혼이 속삭이고 있었다. 한번은 길을 걷다가 멋진 시구절이 떠올랐다. 볼펜이라도 있으면 손바닥에라도 적으련만. 시구절을 잊지 않으려고 속으로 외웠다. 얼른 집에 가서 적으려고 걸음을 빨리했다. 누군가 알은체했지만 시구절을 놓칠까 봐 그냥 지나쳤다. 옆집 할아버지가 어린놈이 어른한테 인사도 없다고 욕을 퍼부었다. 그러거나 말거나 후다닥 집으로 들어와서 볼펜을 찾았다. 심이 떨어진 볼펜은 써지지 않았다. 이 많은 볼펜 중에 쓸 수 있는 게 하나도 없다니. 오호통재라. 외우고 있던 시구절이 사라져버렸다. 그 뒤 산책할 때면 항상 볼펜과 메모지를 챙겼다. 터프는 자기 할 일에 집중하고, 나는 주머니 속에 들어 있는 볼펜과 메모지를 꺼냈다. 뭔가를 쓰려고 해도 써지지 않았다. 아무리 쓰려 해도 하얀 백지만 보였다. 백지에서 눈을 떼고 터프의 일거수일투족을 지켜보았다. 나도 모르게 그걸 그대로 받아쓰고 있었다. 그렇게 내 청춘을 낭비하고 있었다.

터프도 어느덧 나이를 먹고 눈이 안 보이게 되면서 사정이 달라졌다. 무조건 목줄을 매야 했다. 목줄이 없으면 한 발짝도 움직일 수 없었다.

어서 가자, 터프야. 곧 해가 질 테니.

횡단보도를 건너 비스듬한 길을 내려간다. 경기가 있든 없든 사람들이 붐비는 사직구장 주변을 생략하고 싶다. 체육관 앞을 지나치다 말고 유리창 안을 들여다본다. 농구장, 탁구장, 볼링장, 배구장, 기타 등등. 쥐똥나무 열

매에 코를 대고 있는 터프를 들어 올려 안을 보여준다. 오메 무거워라. 얼른 바닥에 내려놓는다. 터프가 만족한 듯 꼬리를 흔든다. 아무것도 보이지 않으면서 말이다. 그 때까지도 나는 터프가 실명된 걸 모르고 있었다.

날은 더웠고, 나는 지쳐 있었다. 나는 잠시 벤치에 앉았다. 벤치 위에 누군가 두고 간 교회 주보가 눈에 띄었다. 하나도 궁금하지 않은 주보를 뒤적거리다가 고개를 들자 터프가 보이지 않았다. 방금 전까지 바로 앞에 있던 터프가 어디로 사라지다니. 말 그대로 하늘로 솟았나, 땅으로 꺼졌나, 그야말로 눈 깜짝할 사이에.

내가 구덩이를 들여다보았을 때 터프는 네 발로 땅을 딛고 의연하게 서 있었다. 내가 구해주기를 기다리고 있었다. 하느님이 진짜로 있다면 내가 주보를 보는 사이에 앞 못 보는 불쌍한 우리 터프를 구덩이에 처박을 수 있을까. 터프는 구덩이에 빠지면서도 끽소리도 내지 않았다. 나는 구덩이로 뛰어내려 녀석을 꺼내 상태를 살폈다. 터프를 꺼내고 내려다보았더니 구덩이 깊이가 꽤 깊었다. 앞이 안 보이는 터프에게는 낭떠러지였을 것이다. 신기한 것은 다친 곳이 하나도 없었다. 어쩌면 하느님이 있을 것도 같았다.

구덩이에서 빠져나온 녀석은 그 옆에 봉긋 솟아 있는 풀 냄새를 맡고 있었다. 나는 평소에는 터프가 냄새를 실컷 맡도록 기다려주었는데 그날은 민둥산 꼭대기에서 뛰어내리고 싶을 만큼 비관적이었나 보다. 나는 터프에게 빨리 가자고 소리쳤다. 녀석은 꼼짝도 않고 그 자리에 서 있었다. 목줄을 세게 끌어당겨도, 큰소리를 치며 재촉해도 얼어붙은 듯 꼼짝도 하지 않았다. 나는 화가 나서 터프의 머리를 쥐어박았다. 터프는 고개를 숙이고 가만히 있었다. 숨소리조차 내지 않았다. 끌려오지도 않았다. 급기야 나는 녀석의 엉덩이를 발로 밀었다. 내 발에 밀린 터프가 갑자기 옆으로 픽 쓰러져버렸다. 엄살떨지 말고 일어나라고. 나는 터프를 마구 흔들었다. 아무리 흔들어도 눈을 뜨지 않았다. 기절한 걸까. 기다려도 일어나지 않았다. 죽은 것일까. 눈앞이 캄캄해졌다. 나는 그 자리에 주저앉아 다리 사이에 얼굴을 파묻었다. 이제부터 나는 죽을 때까지 터프를 죽였다는 죄책감에 시달리며 평생 괴로워하겠지. 터프를 묻어줘야겠다고 생각하며 고개를 든 순간, 녀석이 꿈틀꿈틀 일어서서 온몸을 부르르 털었다. 그러고는 비장한 결심을 한 듯이 발을 떼어 놓았다. 한 발, 또 한 발…… 병원에 갔더니 의사가 터프의 눈이 실명됐다고 했다. 조금 일찍 왔으면 백내장 수술이라도 할 수 있었을 텐데 너무 늦었다고. 의사들은 항상 그렇게 말했다. 너무 늦었다고.

터프는 눈이 보일 때처럼 앞서 나가다가 나무에 부딪치고 돌부리에 채여 넘어지기 일쑤였다. 나는 일부러 계단 아래를 헛딛게 해주었다. 계단의 높이를 가늠하며 오르내릴 때까지. 섣불리 앞서다가 유리병에 발바닥을 찢기기도 했다. 어쩌다가 찻길로 뛰어들 때도 있었다. 그러면서도 터프는 산책을 멈추지 않았다. 조심조심 계단을 오르내렸다. 이제 터프는 실오라기만큼 남은 감각을 붙들고 자기가 다녔던 길을 더듬더듬 걸어 다닌다. 무엇 하나 그냥 지나치지 않고 소중한 듯 반가운 듯 오래오래 음미한다.

호박꽃에 가만히 코를 댄다. 코가 따끔한 느낌에 고개를 들자 호박벌이 잉잉대며 튀어나온다. 눈앞을 빙빙 돌다 하늘 높이 날아간다. 잠자리 떼가 허공에 붕붕 떠 있다. 참새들이 짹짹거리는 소리가 소란스럽게 들려온다.

잠시 한눈을 파는 사이, 나비가 터프의 코끝에 앉았다가 날아간다. 울타리에 서 있던 까치가 터프 쪽으로 걸어온다. 내가 발을 굴러 쫓는 시늉을 하자 가는 척하다가 다시 다가온다. 뾰족한 부리로 쪼면 어쩌라고. 앵앵거리며 따라오는 앵벌도 쫓아버린다. 비둘기들이 한데 모여 있는 곳은 피해서 가자. 집단 공세를 퍼부으면 어쩌라고.

터프의 눈이 찔리지 않게 뾰족한 가지를 치워준다. 깨진 유리 조각과 크고 작은 돌멩이를 치운다. 가로수 아래 누군가 뱉어놓은 껌, 가래침, 토사물, 똥. 터프의 눈이 보일 때는 못 봤던 것들이 잘도 보인다. 방심하다 빠진 구덩이도 보인다.

어린이대공원 입구는 무료 배식을 받으려는 노인들로 장사진을 이룬다. 어쩌다가 실수로 끼어든 터프가 당연히 노인들의 원성을 산다. 어딜 감히. 그러면서 터프에게 욕을 퍼붓는다. 욕을 먹고도 터프는 자기 본분을 다한다. 온 신경을 집중해서 천막 아래 피어 있는 민들레를 살핀다. 민들레 노란 꽃잎에 코를 댄다. 그래도 봄이 왔네. 봄바람이 살랑살랑 불어온다. 민들레 노란 꽃이 꽃잎을 활짝 열고 터프를 반긴다. 터프는 꽃향기에 흠뻑 취해버린다. 터프가 민들레와 작별하고 공원 입구를 기웃거린다.

안으로 들어갈까.

무료 개방인 공원 안은 유명산을 오르내리는 사람들로 북새통을 이룬다. 말만 어린이대공원이지 어른들의 대공원으로 바뀐 지 오래다. 대공원 왼편에는 모텔촌이 자리 잡고 있다. 바람결에 들리는 바에 의하면 바람난 등산객들의 숙소라고 한다. 올해 안에 동물원 개장. 머리 위로 낯익은 글자가 펄럭거린다. 동물원은 삼 년째 공사 중이다. 동물이 없는 동물원. 어린이가 없는 어린이대공원. 그 옆에는 모텔촌. 길 건너는 시민도서관. 앙꼬 없는 찐빵 같은 동네는 어딜 가나 사람들로 북적거린다. 사람들을 헤치고 안으로 들어가서 저수지를 한 바퀴 빙 돌고 싶지만 시간이 없다. 터프를 볼 때마다 입을 벙긋벙긋 벌리는 잉어에게도, 저수지 안에 떠 있는 인공 백조에게도, 인공 백조를 따라다니는 오리 떼들에게도 멀리서나마 작별을 고한다.

대공원을 지나자 산으로 오르는 길 한쪽에 텃밭길이 펼쳐진다. 상추, 가지, 오이, 고추, 배추, 부추, 토마토,

방울토마토. 터프가 밭에 심어져 있는 것들을 헤아리고 있다. 나는 그 옆에서 꼬물대는 벌레들의 이름을 헤아린다. 땅강아지, 무당벌레, 메뚜기, 사마귀, 개미. 개미구멍을 파헤치려는 터프를 황급히 막는다. 이제나 저제나 발길을 옮길까 터프 발만 뚫어지게 내려다본다. 톡톡, 빗방울이 나뭇잎에 떨어지는 소리가 들린다. 쏴쏴, 바람이 소나무 숲을 헤집고 다닌다. 헤아릴 수 없는 많은 냄새가 풍겨오고 있다. 내가 좋아하는 비 냄새도 난다.

정자에 다가갈수록 터프의 꼬리가 아래로 축 처진다. 정자 마루에 앉아 있던 사람들이 보이지 않자 터프의 꼬리가 위로 스르르 올라간다. 터프가 사람들을 두려워하고 있다는 사실을 다시금 깨닫는다. 비가 와서 사람들이 다 집으로 돌아갔나 보다. 터프와 나는 정자 안으로 들어간다. 추적추적 비 오는 소리가 들린다. 터프는 귀를 팔랑거리며 빗소리를 듣고 있다. 그러다가 땅바닥에 떨어져 있는 매미에게 한눈을 팔았다. 매미는 한쪽 날개가 완전히 뜯겨져 나갔고 반 남은 날개에 구멍이 숭숭 뚫렸다. 까치에게 쪼인 흔적이었다. 여름 내내 매미를 못 잡아먹어 안달을 하더니 기어이 일을 저지르고 말았구나. 죽었나, 하고 발끝으로 살짝 건드리자 매미 몸이 부르르 떨렸다. 귀를 대자 깔딱, 깔딱, 숨넘어가는 소리가 들렸다. 매미가 죽은 것을 확인하고 고개를 들었더니 터프가 보이지 않았다.

터프야, 터프야.

아무리 불러도 대답이 없었다.

소나무 주변을 확인하고 공중전화 부스 안을 살폈다. 주차된 차 밑도 일일이 확인했다. 모퉁이를 돌려는데 가슴이 두근거렸다. 터프의 냄새가 나는 것 같았다. 내 뺨에 얼굴을 대고 비빌 때 나던 냄새. 그 풀 비린내가 났다. 마음을 조아리며 모퉁이를 돌았다. 터프는 보이지 않고 비에 젖은 풀이 바람에 흔들리고 있었다. 풀 냄새였나. 걸으면서 자꾸 뒤돌아보았다. 터프의 냄새가 나는지 코를 킁킁거렸다. 축축한 흙냄새가 났다. 터프의 기척이 들리나 귀를 기울여보았다. 빗방울이 툭툭 귓바퀴를 때렸다. 콧잔등에도, 얼굴 위에도 빗방울이 툭툭, 떨어졌다. 빗방울이 점점 거세지면서 나무들의 색깔이 진해지더니 냄새를 내뿜기 시작했다.

젖은 몸을 털고 벤치 위에 앉았다. 벤치 위에 차양이

있어서 비를 피하기에 안성맞춤이었다. 땅에서 올라오는 열기가 터프의 숨통을 막을 듯이 기승을 부릴 때도 나는 터프를 안고 이 벤치에 앉았다. 터프는 미안해서 자꾸 몸을 피했으나 나는 기어이 터프를 안고 말았다. 터프의 몸집이 커서 앞으로는 안을 수가 없어서 등을 돌려 안았다. 헐떡이는 터프의 숨소리가 내 가슴에 전해졌다.

곧 시원해질 거야.

하늘에는 먹구름이 잔뜩 끼어 있었다. 나는 세상이 뒤집힐 듯이 천둥 번개가 치고 미친 듯이 비가 쏟아지길 바랐다. 나의 지리멸렬한 생각도 뒤집혀서 새롭게 바뀌기를 바랐다. 고개를 비스듬히 기울여 터프를 보았다. 길게 빠져나온 터프의 혀가 입속으로 점점 들어가는 것을 지켜보았다. 터프의 혀가 입속으로 완전히 들어가고 입이 다물어지자 터프를 내려놓았다. 터프는 우쭐대며 걸어가서 부드러운 풀 속에 코를 묻었다. 나도 터프의 옆에 쭈그리고 앉아 풀 냄새를 맡았다. 풀 냄새는 맡아도 맡아도 또 맡고 싶었다. 풀 냄새를 계속 맡고 있으면 풀이 숨 쉬는 소리가 들렸다. 벌레들이 풀잎을 갉아먹는 소리도 들렸다. 터프가 갈 만한 곳을 다 뒤졌지만 보이지 않았다.

나는 한 번도 안 가본 길로 들어갔다. 드높은 담장이 앞길을 막는가 싶더니 난데없이 수풀밭이 나타났다. 수풀밭을 헤치고 나오자 나지막한 언덕이 가로놓여 있었다. 길을 가로지르다가 발목을 삐끗했다. 눈물이 찔끔 나올 만큼 아팠다. 어기적어기적 걷다가 낙엽 쌓인 구덩이에 미끄러져버렸다. 시꺼멓게 썩은 낙엽을 헤치고 발을 뻗었다. 한 발, 또 한 발, 기다시피 겨우 빠져나왔다. 온몸에서 시큼한 냄새가 났다. 울렁거리는 속을 달래며 언덕을 내려왔다. 음식 썩은 고약한 냄새가 난다 했더니 바로 앞에 쓰레기통이 보였다. 배가 울룩불룩 요동치며 구역질이 났다. 오줌 같은 노란 물이 조금 나왔다. 굶주린 배에서 꼬르륵 소리가 났다. 나는 어두워질 때까지 터프를 찾아 헤맸다. 내 발소리를 들은 터프가 컹컹 짖었다. 터프는 민둥산 소나무 둥치 아래 앉아 있었다. 내가 데리러 올 줄 알고 기다리고 있었다.

눈도 안 보이면서 어떻게 올라왔어.

터프와 나는 부둥켜안고 울었다. 터프가 우는 소리를 그때 처음 들었다. 어두컴컴한 산길을 내려와 집으로 갔더니 엄마가 대문 앞에서 기다리고 있다가 내 등을 내리쳤다. 두 놈들이 하는 짓이 똑같다고.

비 오니까 나가지 마.

엄마가 말했다.

쉿.

나는 터프에게 신호를 보냈다. 엄마가 잠들면 나갈 작정이었다. 터프가 창 쪽으로 다가갔다. 더듬더듬 방석을 찾아 앉았다. 햇빛이 비치는 곳에 방석을 깔아두었다. 터프가 햇빛을 쏘일 수 있도록. 터프가 창밖으로 시선을 돌렸다. 귀를 쫑긋거렸다. 창밖으로 자동차 지나가는 소리, 사람들의 말소리가 들린다는 듯이. 바람이 불어올 때마다 눈을 가늘게 떴다.

터프가 천천히 걷기 시작했다. 벽에 부딪쳐가면서 뭐가 있나 확인하듯이, 살아 있음을 확인하듯이. 한 바퀴 방을 돌고 나서 다시 방석 위로 와서 앉았다.

터프는 방석 위에 앉아 한곳을 응시하고 있었다. 아마 나를 보고 있었을 것이다. 내가 아무 소리를 내지 않아도 터프는 냄새로 내가 있다는 걸 알았다. 내가 없으면 터프는 항상 방석 위에 앉아 나를 기다리고 있었다. 내가 외출했다 돌아와도 미동도 하지 않았다. 더 이상 나를 반기지 않았다. 짖지도 않았다. 터프는 짖을 힘도 없는 것 같았다. 반길 의욕도 상실한 것 같았다. 그러다가 잃어버린 감각을 되찾고 싶다는 듯 용케 공을 찾아 물고 올 때가 있었다. 나는 터프를 향해 공을 던졌다. 터프는 공 던지는 소리를 가만히 듣고 있었다. 공이 보이지 않아서 달릴 수 없었다.

터프는 울지 않았다. 울고 싶은 의욕도 없는 눈이다. 웃기도 싫고 울기도 싫어하는 눈이다. 무엇을 보고 싶어 하지도 보기 싫어하지도 않는 눈이다. 공을 달라고 하던 간절한 눈. 간식을 얻어먹고 싶어 하던 간절함. 밖으로 나가고 싶어 하던 간절함. 그 간절한 눈빛.

터프는 기다렸다. 내가 잠을 자면 잠이 깨기를 기다렸다. 밥을 먹으면 밥그릇 비우기를 기다렸다. 화장실에 들어가면 나오기를 기다렸다. 드디어 내가 나가려는 것을 눈치채고 터프도 나갈 준비를 하고 있었다. 신발장 위에 놓아둔 목줄을 집어 든 순간 터프는 어렸을 때처럼 생떼를 부리지 않았다. 터프가 아주 어렸을 때는 빨리 나가지 않는다고 컹컹 짖었다. 앞발을 세워 뱅뱅 돌다가 현관문을 박박 긁으며 날뛰었다. 그래도 안 나가면 으르렁거렸다. 쉿. 조용히 해. 내가 터프를 진정시키려고 하면 컹컹 짖었다. 내 눈빛을 외면하려고 이리저리 고개를 저었다. 고집 센 망아지처럼 코를 흥흥 불었다. 그러는 동안 기다리는 일에 익숙해졌다.

터프는 흥분을 가라앉히며 조용히 산책할 준비를 하고 있었다. 먼저 앞다리를 쭉 뻗고 엉덩이를 높이 들어 올려 기지개를 폈다. 몸을 낮추고 허리를 쭉 편 채 고개를 이리저리 돌리며 긴장된 근육을 풀어주었다. 마지막으로 똑바로 서서 숨을 고른 뒤 조용히 앉아 있었다. 내가 나갈 준비를 마치고 현관문을 열기를 기다리는 것이다. 옷을 갈아입고 휴지와 변 봉투, 비닐장갑 등을 챙기고 모자를 쓰고 신발을 신고 드디어 현관문을 여는 시간을 인내심을 가지고 지켜보았다.

나는 실컷 뛰어놀라며 어린 터프의 목줄을 풀어주었다. 목줄에서 풀려나온 터프는 자꾸만 달리고 있었다. 앞발을 쭉쭉 뻗고 뒷다리로 땅을 박차며 전력 질주했다. 밖에 나오니까 좋아? 내 말에 터프가 활짝 웃었다. 두 귀가 쫑긋 서고, 눈이 크게 떠지고, 입이 옆으로 벌어지고 그 사이로 혀가 빠져나와 헐떡거렸다. 꼬리를 치켜들고 엉덩이를 흔들며 나에게 매달렸다. 터프와 나는 서로 앞서거니 뒤서거니 하며 뛰었다. 그토록 활발했던 터프가 눈이 안 보이게 될 줄이야.

눈이 안 보여도 자존심이 강한 터프는 마음에 들지 않는 곳은 콧방귀를 뀌고 지나가고, 마음에 드는 곳에서는 코가 납작해지도록 냄새에 취해버렸다. 냄새에 도취된 나머지 내가 줄을 잡았는지 놓았는지조차도 모르고 있었다. 그러다가 문득 고개를 들고 나의 기척을 살핀다. 나는 멀찍이 떨어져서 녀석을 보고 있다. 인기척을 내지 않는다. 녀석은 털끝을 모조리 세우고 서 있다. 아무런 기척이 나지 않자 위기감을 느끼는지 꼬리가 아래로 말려 들어간다. 온몸에 털을 곤두세운 채 붙박인 듯 서 있다. 얼마나 그렇게 서 있었을까. 녀석이 조심스럽게 걸음을 뗀다. 한 걸음. 두 걸음. 더 이상 걷지 않는다. 다음번엔 방향을 약간 틀어 다시 반복한다. 두 걸음 이상 걷지 못하고 다시 인기척을 살핀다. 터프를 지켜보는 심정은 뭐랄까, 쾌감일까. 쾌감만은 아닌 씁쓸한 그 무엇. 그 무엇도 알고 보니 쾌감. 이제 그만 터프에게 가야 하지 않나. 쾌감은 쉽게 멈추지 않는다. 어쩌나 보려고 더 두고 본다. 터프가 얼마나 더 놀라고 겁을 먹어야 쾌감은 만족할까.

터프야, 너를 놀린 것을 알면서도 일부러 속아준 거지. 내가 너를 보면서 즐기는 걸 보고 오히려 네가 즐기는 거지.

이런 사기꾼, 같은 말을 중얼거리며 숲길을 빠져나온다.

터프야, 너는 눈이 보이면서 일부러 안 보이는 척하는 거지. 병원 의사도 오진할 수 있잖아.

아무리 터프에게 미안해도 이런 말을 하고 싶었을까.

내가 그러거나 말거나 터프는 굴하지 않고 비가 오나 눈이 오나 산책을 나갔다. 나는 할 수 없이 터프에게 이끌려서 나갔다. 내가 산책을 시켜주는 게 아니라 터프가 나를 산책시켰다. 그러다가 일주일 전부터 산책을 나가지 못했다. 터프가 아파서 나갈 수 없었다. 터프가 하루 종일 노란 물을 토했다. 하루에도 여러 번 노란 물똥을 쌌다. 뭘 잘못 먹었나, 싶었다. 먹은 것도 없는데. 터프가 자꾸 나에게 안겼다. 밖으로 나가자고 하는 줄 알았다. 힘도 없으면서 어디를 나가자고 그래. 다 나으면 나가자. 그래도 터프가 나에게 안기려고 했다. 나는 귀찮아서 터프에게 개껌 하나를 간식으로 주었다. 터프는 그렇게도 좋아하던 껌도 먹지 않았다. 문득 의사의 말이 떠올랐다. 터프에게 개껌도 주지 말라고, 위가 안 좋으니까 정기적으로 검사를 받으러 오라고 했던 의사의 말을 까맣게 잊고 있었다. 토하거나 설사를 하면 곧바로 병원으로 오라고 하지 않았던가. 부랴부랴 터프를 데리고 병원에 갔더니 의사가 마지막 선고를 했다. 길어야 일주일밖에 못 산다고.

그렇게 십오 년을 터프와 함께했다.

오늘 나는 터프를 주머니 속에 넣고 대문 밖으로 나왔다. 옆집 할아버지가 기다렸다는 듯이 호통을 쳤다. 사람 먹을 것도 없는데 개를 키워! 엉! 사람 사는 데다 개를 길러! 그러고는 터프가 보이지 않자 두리번거렸다. 할아버지, 이제 그만하세요. 내가 말하자 할아버지가 이런 버르장머리 없는 자식이 어른한테, 하고 쌍심지를 돋웠다. 터프가 죽었어요. 그러니까 이제 그만하시라구요. 내 말에 할아버지가 눈을 크게 떴다. 왜 죽었어? 할아버지가 물었다. 나이를 많이 먹어서 하늘나라에 갔어요. 할아버지에게 말했다. 늙으면 죽어야지. 할아버지가 눈을 끔뻑거렸다. 할아버지, 이제 우리 터프한테 고함도 못 지르고 욕도 할 수 없어서 엄청 심심하겠네요, 하려다가 말았다. 늙으면 죽어야지, 할아버지가 같은 말을 반복하고 있었기 때문에.

어서 가자, 터프야.

터프와 나는 걸음을 재촉한다. 땅거미가 진다. 배고픈 짐승들이 산을 내려오는 시간. 내 발소리에 돌아보는 청솔모에게도 작별을 해야지. 아까부터 우리를 쳐다보는 고양이한테도. 민둥산 꼭대기에 오르자 새들이 왜, 왜, 하고 운다. 나는 새들에게 터프의 죽음을 숨기고 싶은데 새들이 빨리 말하라고 귀찮게 따라다닌다. 나는 소나무 둥치 아래를 파고 터프의 무덤을 만든다. 새들이 무덤가에 앉아 울기 시작한다. 왜. 왜. 왜. 나는 터프의 뼛가루를 무덤에 넣고 흙으로 덮는다. 새들이 잠시 울음을 멈춘다.

터프가 죽은 뒤, 엄마는 까딱하면 울었다. 집에 혼자 있기 싫다고. 내가 전화 안 받았다고. 갱년기 우울증이라나. 엄마가 예전처럼 우렁찬 목소리로 잔소리 좀 해줬으면 좋겠다. 시를 쓰면 밥이 나오냐 돈이 나오냐. 그러면

나도 오기가 생겨서 힘을 내지 않을까. 이제 터프도 갔으니 본격적으로 시를 써야지. 그동안 시를 쓴 것은 내가 아니라 터프였으니까. 이건 정말 뒤늦게 발견한 건데 구덩이에 빠졌던 터프의 등에 돌멩이 같은 딱딱한 혹이 불룩 튀어나와 있었다. 살아 있을 때는 몰랐던 것을 죽어서야 알게 되다니. 모든 기억은 상처를 남기는 모양이다.

나는 터프가 떠난 방석 위에 앉아 창밖을 내다본다. 잊히지 않는 장면이 떠오른다. 터프와 내가 풀밭에 있다. 터프가 냄새를 맡는 동안 나는 줄을 놓고 어디론가 사라져버린다. 풀밭에 코를 박고 있던 터프가 고개를 든다. 인기척을 살핀다. 아무 소리도 들리지 않는다. 의지하던 줄을 놓쳐버린 개. 어디로 갈지 방향조차 모르는 개. 주인을 잃어버린 개의 마음이 어떤 것일지 나는 모른다. 다만 내 마음을 미루어 짐작할 수 있을 뿐. 쓸쓸한 바람이 분다.

최적의 거리

다시는 그녀의 집에 가지 않기로 다짐해놓고 또다시 가고 말았다. 다녀오면 남편과 싸우고 그녀의 집에 갔고, 돌아와서 또 싸우고 다시 가곤 했다. 악순환을 끊기 위해 편지를 썼다. 주로 남편을 비난하는 내용이었다. 그녀의 답장은 오지 않았지만 상관없었다. 남편에게서 받은 스트레스가 풀릴 때까지 열 장이고 스무 장이고 써서 보냈다. 나중에 보니 그녀의 책상 위에 그동안 내가 보냈던 편지가 가지런히 놓여 있었다. 봉투는 버리고 편지만 따로 모아 커다란 집게로 집어놓았다. 부끄러워서 그 편지를 다 찢어버리고 싶었지만 그녀는 돌려주지 않았다. 나 지금 드라마 쓰고 있어. 글은 니가 써야 하는데, 니가 써야 하는데, 하고 말했다. 수정아, 지금이라도 늦지 않았어. 남편한테 벗어나서 너의 꿈을 펼쳐. 동네 문화센터라도 가 봐. 그녀의 말에 힘입어 문화센터에 갔다. 모두가 아름다운 글을 쓰고 있었다. 나는 아름다움보다는 그 이면을 쓰고 싶었다. 두세 번인가 글쓰기 교실에 갔다가 그만두고 남편이 누누이 외치는 주부 본연의 자세로 돌아왔다. 살림을 하는 틈틈이 말도 안 되는 글을 쓰고 있었다.

식구들이 좋아하는 갈비찜을 했다. 고기반찬을 한 걸 보니 또 나가려나 보지? 남편이 넘겨짚었다. 애들 재우고 잠깐만 다녀올게. 나는 남편의 눈치를 살폈다. 그래 놓고 갔다 하면 함흥차사지. 남편은 갈비찜을 맛있게 먹었다. 우리 아이 장 꼬여서 입원했을 때 병원비가 없어서 퇴원을 못하고 있는데 그 친구가 빌려줬잖아. 그 친구가 작아서 못 입는 옷도 주고. 그래서 나는 그녀가 좋아하는 오이소박이며 부추김치도 해다 주고 먹고 싶다는 반찬도 해주었다는 말은 남편에게 하지 않았다. 혼자 사는데 안됐잖아. 아프다는데 잠깐 갔다 올게. 남편에게 사정하는 내가 싫었다. 그 여자는 어디가 그렇게 자주 아픈데. 병원에 가면 됐지 왜 사람을 자꾸 부르는데. 남편의 잔소리가 시작되었다. 내가 몇 번이나 갔다고 그래. 진짜 해도 해도 너무하네. 말리는 남편을 뒤로하고 집을 나섰다. 도대체 여자가 겁대가리 없이 한밤중에 돌아다니다가 무슨 사고라도 생기면 어쩌려고 그러냐고. 남편의 말이 씨가 되어 그런 일이 생겼을까.

그날 아침, 나는 수돗가에서 부추를 씻고 있었다. 스테인리스 그릇 안에 눈부신 햇살과 물이 만나 빛 그물을 빚으며 어룽거렸다. 사방은 고요했고 어디선가 봄바람이 살랑살랑 불어왔다. 나는 잠시 일손을 멈추고 햇살과 바람에 온몸을 맡겼다. 그토록 눈부신 고독의 순간에 왜 갑자기 그녀가 떠올랐을까. 나는 낡은 수첩을 뒤적여 그녀의 전화번호를 찾아냈다. 설레는 마음으로 그녀에게 전화했다. 이게 얼마 만이야, 십 년이면 강산도 변한다던데. 그러게 말이야, 부추를 씻는데 네가 생각났어……

마음이 울적해서 그녀의 집에 갔다. 첫날, 그녀가 반기며 문을 열었다. 둘째 날도 나를 반겼다. 셋째 날, 너 미쳤니? 하고 말했다. 그런 것 같아. 내 말에 그녀는 웃음을 터뜨렸다. 그녀는 갈 때마다 청소를 하고 있었다. 구석구석 먼지를 털어내고 책상과 책장을 꼼꼼하게 닦았다. 창문마다 스프레이를 뿌리고 정성 들여 마른걸레질을 했다. 한마디 말도 없이. 그녀가 방바닥에 떨어진 머리카락 한 올을 주워 쓰레기통에 버렸다. 저토록 깔끔한 성격이었나. 그러고 보니 나는 그녀에 대해 아는 게 별로 없었다. 중학교 때 잠깐 본 게 전부였으니까.

청소를 마친 그녀는 베란다에 내놓았던 화초를 안으로 들였다. 컴퓨터 옆에는 행운목, 오디오 옆에는 벤자민나무, 그 외 이름을 알 수 없는 화초들로 집 안을 장식했다. 창문을 닫기 전, 하염없이 밖을 내다보았다. 누군가를 간절히 기다리는 사람처럼. 포기한 듯 창문을 닫고 커튼을 쳤다. 노란색 스탠드에서 흘러나온 불빛이 벽에 걸린 말린 꽃과 그녀를 비추었다. 긴 머리를 틀어 올려 핀을 찌르고 하늘하늘한 원피스를 입고 담배를 피우는 그녀는 자유로워 보였다. 그녀의 자유로움이 이혼을 선택하게 한 것인가. 너는 나중에 커서 영화배우가 돼라. 학교 다닐 때 내가 했던 말은 아직도 유효했다. 지금이라도 늦지 않았어. 내 말에 그녀는 미소 지었다. 어둑한 방 안에 슬픈 멜로디와 노래 가사가 가득 차올랐다. 「하비샴의 왈츠」야. 좋지? 담배 연기를 피워 올리며 그녀가 말했다. 응. 근데 너무 슬프다. 그녀는 그 음악을 반복해서 틀었다. 나는 한동안 그녀의 슬픈 음악에 중독되었다.

그녀가 부르면 언제든지 달려갔다. 나 한숨도 못 잤어. 나 하루 종일 굶었어. 나 죽을 것 같아. 나 잘래. 나는 그녀가 깨지 않도록 조심하며 전복죽을 끓여주었다. 귤이 먹고 싶다면 귤을, 딸기가 먹고 싶다면 딸기를 사다 주었다. 좋아하는 안개꽃도 사서 화병에 꽂아두었다. 그녀는 항상 연애 중이었다. 그녀의 표정이나 분위기로 알 수 있었다. 방송국 프리랜서로 일하면서 드라마를 쓴다는 그녀는 그 무엇도 구체적인 이야기는 하지 않았다. 나도 굳이 묻지 않았다. 잠깐 나타났다가 사라진 그 단역 배우라는 남자에 대해서도 물을 필요가 없었다.

그녀의 집에 가면 우연히 만나게 되는 남자가 있었다. 그녀와 그녀의 남자 친구, 그들은 내가 모르는 인간관계에 대해 열변을 토하고 있었다. 예를 들어 A와 B와 C가 있다고 치자. A가 B를 만날 때와 A가 C를 만날 때, 그때마다 A의 인간성이 다르다는 거다. B가 A와 C를 만날 때도 달라지겠지. 그럼 C는? 셋이서 만날 때는? 그러면서 A, B, C의 관계에 대해 논쟁을 벌였다. 어떻게 그럴 수가 있지? 당연한 거 아닌가? 나지막한 저음과 새털처럼 가볍고 부드러운 목소리가 술상 위를 날아다녔다. 우아하게 빛나던 그녀의 모습은 술에 취해 흐트러졌다. 그래서인지 그녀는 더욱 매력적이었다. 나와 둘이 있을 때는 말이 없던 그녀가 그 남자와 있을 때면 수다쟁이가 되었다. 밤이 깊어가고 있었다. 집에 가려고 일어서는 나를 그녀가 도로 자리에 앉혔다.

내 친구는 자유로워질 필요가 있어. 결혼이라는 굴레에 묶여 살고 있잖아. 층층시하 시어머니에 시누이에 고지식한 남편에 게다가 현모양처까지 되길 바라는 거야. 요즘도 현모양처 타령을 하는 남자가 있니? 정신 좀 차리라고 그래. 취한 그녀가 흥분해서 말했다. 어디선가 들어본 드라마 대사 같았다. 나의 시어머니는 진즉 돌아가시고 남편은 외아들이라는 걸 그녀도 알고 있었다. 그녀가 없는 말을 지어내서 할 때면 나는 농담조로 말하곤 했다. 선미야, 너 지금 드라마 쓰는 거야? 그녀는 당연하다는 듯이 이건 우리 모두의 드라마야, 하고 말했다. 드라마가 별거니, 사람 사는 게 드라마지. 딱 한 번 텔레비전에서 방영하는 그녀의 드라마를 본 적이 있었다. 부부가 이혼 법정에 서기 전에 한 달 동안 심사숙고의 시간을 갖는다는 단편 드라마였다. 나와 비슷한 여자와 남편과 비슷한 남자가 시종일관 서로 지지고 볶고 있었다. 다음 드라마는 언제 나와? 곧 나온다던 드라마는 소식이 없었다. 그녀의 말대로 수시로 엎어지는 게 드라마니까.

수정아, 우리 학교 다닐 때 얼마나 순수했었니. 서로 편지하고, 시도 쓰고. 그녀의 말에 나는 제목도 생각났다. 「중학생이 되어서」. 선생님이 교실 게시판에 나의 시를 붙여놓았다. 반 아이들이 오가며 읊조릴 때마다 쥐구멍에라도 들어가고 싶었다. 나 같으면 자랑스러울 텐데 너는 엄청 부끄러워했잖아. 니가 그렇게 소심하니까 니 남편이 너를 마음대로 휘두르는 거야. 너도 이제 남편한테서 벗어나서 훨훨 날아다녀라. 그녀는 나를 걱정했다. 이제 내 걱정은 그만하고 니 얘기 좀 해봐. 내 말에 남자가 호응했다. 너는 니 얘기는 하나도 안 하더라. 재밌는 이야기 좀 해봐, 하고 그녀를 부추겼다. 그녀는 작가는 작품으로 말하는 거니까 나중에 드라마 쓰면 보라고 했다. 이번 드라마는 대하드라마가 될 거야. 16부작으로는 어림도 없지. 48부작 정도는 돼야지. 그러면서 사랑과 우정에 대한 드라마를 구상 중이라고 했다. 무조건 재밌어야 해. 남자의 말에 그녀는 마치 남편과 불화하는 친구를 걱정하는 역할을 맡은 듯이 비슷한 대사를 반복하고 있었다.

내 친구는 남편한테서 벗어날 필요가 있어. 그런데 얘가 너무 소심해서 거기에 갇혀 살고 있잖아. 그래서 내가 가끔 불러. 우리 집에 와서 자유를 누리라고. 그녀의 대사를 남자가 받았다. 혼자 산다고 해서 자유가 아니지, 진정한 자유를 추구하려면 자기 자신을 들여다봐야 한다는 거지. 그러니까 내 말은 그런 식으로 깊이를 주면서 쓰면 좋겠다는 거지. 남자가 자유와 깊이에 대해 일장 연설을 늘어놓았다. 자유가 뭔지 깊이가 뭔지 잘 모르겠지만 나는 이제 집으로 돌아가야 했다. 눈에 쌍심지를 켜고 남편이 기다리고 있었다. 그러니까 나는 가야 한다고.

너는 왜 자꾸 가려고 하니. 자고 가, 수정아. 이 밤중에 가다니, 위험하잖아. 남자도 우리의 드라마는 이제 시작이라며 내 잔에 맥주를 가득 부었다. 넘치는 거품을 그녀가 얼른 받아 마셨다. 술잔마다 넘치도록 술을 채웠다. 거기 가면 재밌나 보지? 재미없어 봐라 가겠는가, 남편의 목소리가 귀에 쟁쟁거렸다. 아이들은 잘 자고 있을까. 자다 깨서 엄마를 찾지 않을까. 나는 맥주를 찔끔찔끔 마시며 앉아 있었다. 맥주의 쓴맛. 먹을수록 쓴맛이었다. 집에 가고 싶어도 갈 수 없는 나 자신이 한심했다. 훌륭한 남편이네요. 한밤중에 친구 집에 보내주는 걸 보면. 남자가 말했다. 네. 네. 그렇고말고요.

부스스한 머리에 목이 늘어난 티셔츠가 눈에 들어왔다. 바로 앞에 있는 남자를 쳐다보았다. 그녀의 성화에 자다 깨서 할 수 없이 불려 나온 사람 같았다. 지금 당장 퇴장해도 아쉬울 건 없지만 어떤 역할을 하러 등장했을지 약간의 호기심이 일었다. 술잔이 오가고 시간이 흘러갔다. 그녀는 내 걱정을 하고, 드라마는 재밌어야 한다고 남자는 강조했다. 어느 정도 구상했는지 그녀에게 물었다. 지금 쓰고 있다고 그녀가 말했다. 어떻게 쓸 것인지 남자가 물었다. 더 이상 묻지 말라고 그녀가 짜증 냈다. 내가 쓸 줄은 모르지만 볼 줄은 알거든. 남자의 말에 나는 혹시 드라마 평론가냐고 물었다. 그런 게 있기는 한가? 남자가 고개를 갸웃거렸다. 그냥 물어본 말이었다고 해도 턱을 괴고 진지하게 생각하고 있었다. 혼자서 뭐라고 중얼거렸는데 무슨 말인지는 알 수 없었다. 이 오빠 지금 연기하는 거야. 그러면서도 그녀는 내 걱정을 멈추지 않았다. 친구는 잘 살고 있으니까 걱정하지 마세요. 남자가 비아냥거렸다. 오빠 지금 질투하는구나. 질투하는 거 맞잖아. 질투라니. 너야말로 질투의 화신이 아닌가? 둘이서 티격태격하고 있었다. 잠시만. 남자가 사극톤으로 그녀의 이름을 불렀다. 선미야, 사랑도 우정도 변하기 마련이니 너무 집착하지 말거라. 지금 이대로의 거리에서 각자의 드라마를 쓰자꾸나. 너는 너의 드라마를 쓰고 나는 나의 드라마를 쓰고. 이건 어느 유명한 영화에서 주인공이 했던 대사라고 낄낄거렸다. 오빠는 연기를 못해서 주인공을 못할 거라고 그녀가 못을 박았다. 어디 두고 보자. 남자가 이를 가는 시늉을 하며 오만상을 찌푸렸다. 지금 당장 오디션을 보러 갈 거라며 한 토막의 대사를 읊었다. 우리는 어항 속을 헤엄치는 물고기들이 아닐까? 누군가를 흉내 내는 남자의 모습에 그녀가 웃음을 터트렸다. 둘이서 뭐라고 떠들어댔다. 그들이 하는 말이 사실인지 연기인지 헷갈렸다. 희미한 어둠 속에 음악이 흐르고 조명등 불빛을 따라 담배 연기가 모락모락 피어 올랐다. 찔끔찔끔 마신 맥주 때문인지 머리가 아팠다. 어서 이곳을 빠져나가야지, 하면서도 꼼짝할 수 없었다. 최면에 걸린 짐승처럼 몸이 움직여지지 않았다. 먹지도 못하는 술을 마셔서 그런가. 나는 집에 가려고 버둥거렸다.

수정아. 왜 이렇게 안절부절못하니. 남편 눈치 좀 그만 보고 당당하게 살아. 니가 뭐가 부족해서 그렇게 사니. 그녀가 안타까워했다. 니가 걱정할 만큼 나는 그렇게 나쁘지 않아. 내 말에 그녀가 울상 지었다. 아이, 속상해. 내가 걱정할까 봐 숨기는 거지. 불쌍한 내 친구. 그녀의 맑은 눈망울에서 눈물이 주르륵 흘러내렸다. 눈물 없이 볼 수 없는 드라마군. 남자가 눈물을 닦아주자 그녀의 얼굴이 활짝 펴졌다. 그녀는 틈만 나면 자꾸 나를 끌어들였다. 말끝마다 내 걱정을 갖다 붙였다. 그만해. 지루해. 재미없어. 너나 잘하세요. 남자가 킥킥거렸다. 이 오빠 또 시작이다, 무슨 남자가 진지한 구석이 없어. 오빠, 그럴 거면 집에 가라. 오라고 할 때는 언제고 이제 와서 가라고? 안 될 말씀이지. 그녀가 벌떡 일어나 지갑을 찾아 들었다. 수정아, 너 집에 가라, 너한테 이런 모습 더 이상 보이기 싫어서 그래. 택시비를 주며 그녀가 말했다. 그렇게 가려고 할 때는 붙잡아놓고 이제 와서 가라고? 나는 화가 나기보다는 웃음이 나왔다. 어쩌면 나는 이렇게 드라마 같은 장면을 원했는지도 몰랐다. 내 안에도 이런 게 있었다니, 신기했다.

그녀는 항상 밤중에 불렀기에 택시를 탈 수밖에 없었다. 남편이 주는 생활비로 근근이 살면서도 택시를 탔다. 어느 때는 가서 한 시간 남짓 있다가 돌아온 적도 있었다. 그녀의 집에 머무는 시간보다 오가는 시간이 더 걸렸다. 택시비가 아까웠다. 시간도 아까웠다. 그런데도 그녀의 집에 갔다. 그녀를 만나면 내 안에 숨죽이고 있던 어떤 것들이 꿈틀거렸다. 술과 담배와 음악, 그리고 자유…… 그녀와 같은 욕망이 나에게도 있다는 걸 그때는 몰랐다. 나와는 전혀 다르게 살고 있는 그녀에게 이끌렸다. 벗어나야 한다는 걸 알면서도 이상하게 빠져들었다.

아이들을 재우고 난 밤이면 남편의 눈을 피해 나갈 생각을 했다. 얼른 갔다 올게. 혼자 있는데 아프면 서럽잖아. 나도 모르게 거짓말을 했다. 내 안에도 그녀와 같은 속성이 있었다.

너 내일 병원에 가서 주사 한 대 맞고 와라. 또라이야. 남편이 으르렁거렸다. 말도 심하게도 하네. 좀 좋게 말하면 안 될까. 남편을 구슬렸다. 신사적으로 말할 때 잘 들어라. 니가 그렇게 오라면 오고 가라면 가니까 그 여자가 너를 호구로 알고 지 맘대로 하는 거라고. 앞으로 애들 때문에 못 간다고 하라고. 남편의 성화에 그녀가 우리 집에 온 적도 있었다. 남편이 출근하고 아침 일찍 아이들을 데리고 목욕탕에 다녀오는데 우리 집 문 앞에 그녀가 서 있었다. 저기 선미 이모 있네. 내 말에 노래를 흥얼대며 팔짝팔짝 따라오던 아이들이 걸음을 뚝 멈췄다. 어디? 어디? 하고 두리번거렸다. 저기 우리 집 앞에 선미 이모 서 있잖아. 그녀를 발견한 아이들이 울음을 터트렸다. 므섭단 말이야. 울어대는 아이들 앞으로 그녀가 다가왔다. 눈물 뚝! 그녀의 한마디에 아이들이 눈물을 뚝 그쳤다. 이럴 수가. 내가 놀라자 그녀가 말했다. 내가 군기반장이잖아. 그녀가 깔깔대며 웃었다. 한두 번 아이들을 데리고 그녀의 집에 간 적도 있었다. 딸아이는 그녀를 보면 얼굴이 굳은 채 억지웃음을 지었고, 어린 아들은 집에 가자고 울었다.

이유가 있으니까 울겠지. 애들이 괜히 울겠냐고. 앞으로 애들 데리고 그 여자 집에 가지 마라. 그 여자라니, 썩 듣기 좋은 말은 아니었다. 신사적으로 말할 때 들어라. 앞으로 절대로 그 여자 집에 가지 마라. 대답해라. 다시는 안 가겠다고. 확성기를 틀어놓은 듯 시끄러운 목소리가 끝없이 이어졌다. 어쩌면 나는 그 시끄러운 소리를 피해 새털처럼 부드러운 소리를 들으러 그녀의 집에 갔을 수도 있었다. 가정주부가 오밤중에 나갔다가 꼭두새벽에 들어오는 게 말이 되냐고. 남편은 화가 나면 발에 닿는 대로 물건을 걷어찼는데 한번은 거실에 굴러다니던 공이 날아와 나의 눈두덩에 맞았다. 눈알이 빠지는 것 같았다. 얼마나 세게 찼는지 눈두덩에 멍이 들었다. 에이씨, 힘 조절을 잘못했네. 축구깨나 했다고 자랑하던 남편은 골을 넣다가 실패한 축구선수처럼 뒤통수를 두 손으로 쓸어내렸다. 하마터면 실명할 뻔했잖아. 남편의 실수를 핑계 삼아 그녀의 집에 갔다.

공이 아니라 너를 차고 싶었겠지. 눈두덩에 약을 발라 주며 그녀가 말했다. 너 가만히 보니까 팔이며 다리에 멍을 달고 살더라. 가정폭력 그거 절대 안 되는 거야. 그녀가 흥분했다. 아, 그건, 넘어져서 그래. 요즘 자꾸 넘어지고 부딪치네. 그녀는 내 말을 믿지 않았다. 수정아, 너 큰일 났다. 그런 남자 절대 안 변해. 점점 심해진다, 너. 그녀는 폭력을 행사하던 남자와 살다가 헤어졌다고 했다. 겉으로 보기에는 멋진 남자였는데 결혼해서 살다 보니 그런 남자일 줄 정말 몰랐다고. 나는 말없이 그녀의 등을 어루만져주었다. 수정아, 나는 이미 벗어났지만 문제는 너야. 너 오늘 집에 들어가지 마. 세게 나가라고 세게. 바보같이 당하지만 말고. 정 안 되면 내가 너의 남편을 만나서 본때를 보여줘야겠다. 그녀의 말에 나는 그만 웃어버렸다.

띵동. 남자가 등장했다. 듣자 하니 또 오버하고 있네. 왜 남의 가정사에 끼어들어서 간섭을 하냐고. 남이라니, 그게 무슨 말이야. 내 친구는 나야. 그게 우정의 섭리야. 그녀가 항변했다. 남편이 전화를 해서 아이가 아프다고 빨리 오라고 했다. 전화를 끊고 황급히 일어서는 나를 그녀가 붙잡았다. 가지 마, 거짓말이야. 나를 만나는 게 싫어서 오라는 거겠지. 무슨 남자가 친구도 못 만나게 하니. 그러니까 내가 니 남편을 미워하는 거야. 그건 남편도 마찬가지였다. 술 먹고 담배 피우는 여자 만나지 마. 너도 물든다고. 너도 거기 가서 술 먹고 담배 피우는 거 아니야? 남편이 소리쳤다. 술 담배가 오가고 음악이 흐르고 시간은 어둠을 향해 치닫고 있었다. 수정아, 술 좀 마셔라. 어차피 자고 갈 거니까 마음껏 마셔. 그녀는 내 잔에 맥주와 소주를 섞어주었다. 나는 단숨에 마셔버렸다. 남편이 미워서 마셨다. 오늘 밤은 집에 가지 않을 것이다. 남편이 미워서 가기 싫었다. 나는 각오했다. 오늘 밤에는 집에 가지 않겠다고. 꼭 그래야 할 것 같았다.

나도 담배 한 대 줘봐. 그녀가 담뱃불을 붙여주었다. 담배 한 모금을 빨아들이다가 사레들렸다. 괜찮아, 처음에는 다 그래. 곧 익숙해질 거야. 그녀의 말에 남자가 제동을 걸었다. 너는 친구한테 왜 술 담배를 가르치고 있어. 맑은 영혼 같은데 탁하게 물들이지 마라. 남자의 말에 그녀가 진지하게 말했다. 술 마시며 명상도 하고 담배 피우면서 한숨도 날려 보내야지. 속으로 꾹꾹 쌓아두면 그게 병이 되는 거라고. 그날 이후, 집에 아무도 없을 때 베란다에 쭈그리고 앉아 담배를 피우곤 했다. 어디서 담배 냄새가 나는 것 같은데. 남편의 말에 가슴이 철렁 내려앉았다. 아래층에서 누가 담배 피우나 보지. 가까스로 모면했다. 뜻밖의 순발력은 온전히 그녀 덕분이었다. 남편의 후환이 두려워서 그날로 담배는 끊었다. 나랑 안 맞아, 나를 위로했다.

수정아, 너 지난번에 네 남편한테 맞고 우리 집에 왔을 때, 내가 얼마나 속으로 울었는지 아니. 가슴이 찢어지는 줄 알았어. 그때 내가 수영장에 데리고 가서 멍든 데 찜질해줬잖아. 얘가 또 드라마 쓰고 있네. 수영장이라니? 어머, 그게 기억이 안 나니? 내가 수영장에 데리고 가서 멍든 거 풀어주려고 하루 종일 찜질해줬는데. 니가 얼마나 힘들게 살면 그게 기억이 안 나겠니. 수정아, 니가 편지에 쓴 것도 기억 안 나니? 아니야, 그런 적 없어. 그리고 나는 수영도 할 줄 모르고 수영복도 없어. 어머, 얘, 수정아, 수영장에 가면 얼마든지 수영복 빌려 입을 수 있어. 그녀는 우기고 있었다. 이걸 어떻게 해명해야 할까.

육아를 하느라고 에너지가 바닥이 난 나는 걸핏하면 부딪치고 넘어지는 바람에 팔이며 다리에 멍이 들었다. 조심 좀 해라, 누가 보면 내가 때린 줄 알겠다. 남편의 말까지 덧붙였지만 소용없었다. 내가 그 말을 믿을 줄 아니?

잠깐만, 멍든 사람을 수영장에 데리고 가서 찜질을 해줬다니 말이 되냐고. 아니라면 아닌 거지. 남자의 말에 그녀가 발끈했다. 오빠는 우리가 어떤 관계인 줄 알아? 죽마고우야. 오빠는 우정을 몰라. 그녀는 우정의 서사를 펼치고 있었다. 중학교 때 내가 그녀를 동경했다는 이야기와 서로 편지했던 에피소드까지. 하늘과 바람과 별과 시…… 그녀의 낭랑한 목소리가 교실 안에 울려 퍼지던 그때, 나는 그녀를 홀린 듯이 바라보았다. 며칠 후, 그녀에게서 편지가 왔다. 내가 시를 낭송할 때 나를 바라보는 너의 눈빛이 너무 아름다웠어. 나는 그녀에게 답장을 했다. 그건 너의 아름다운 모습이 내 눈에 비쳐졌기 때문일 거야. 사춘기 소녀들의 감성이 끈적끈적하게 묻어나는 미사여구로 점철된 문장은 기억나지 않지만 붉은 하트를 마침표처럼 찍었던 것은 선명하게 기억났다. 하루가 멀다 하고 서로 편지를 주고받았지만 학교에서는 어색해서 알은척하지 않았다. 그녀는 항상 아이들에게 둘러싸여 있었고, 나는 멀리에서 바라보았다. 하지만 나는 외롭지 않았다. 나에겐 그녀가 있었으니까.

애가 이렇게 소심하니까 애 남편이 그렇게 폭력을 휘두른다니까. 그녀는 마치 내가 맞는 것을 본 것처럼, 내가 맞아야만 할 것처럼 말했다. 이럴 땐 또 어떻게 해명해야 하지. 그때 한 장면이 떠올랐다. 언젠가 그녀의 집에 갔다 왔던 날, 화가 잔뜩 난 남편이 나를 향해 손을 높이 치켜들고 씩씩거렸다. 나는 남편을 올려다보며 이게 무슨 상황인가 파악했다. 나를 때리려고? 정말 나를 때리려고? 하는 순간, 나도 모르게 남편의 뺨을 때려버렸다. 자다 깬 아이들이 그 모습을 보고 울음을 터트렸다. 나는 아이들한테 싹싹 빌었다. 엄마가 잘못했어, 다시는 안 그럴게. 아이들이 울자 나도 눈물이 나왔다. 내가 울자 아이들이 눈물을 멈췄다. 너는 나한테 빌어야지, 왜 아이들한테 빌고 있어. 남편이 확성기를 틀자 아이들이 다시 울었다. 애들을 보고 참는 줄 알아라, 이 철딱서니 없는 여자야. 따귀 사건은 그것으로 일단락되었다. 내 이야기를 듣고 난 그들이 어이없다는 듯이 나를 빤히 쳐다보았다. 괜히 말했다 싶은 순간 두 사람의 말이 서로 뒤엉켰다.

수정아, 그런 말을 들으니까 더 걱정된다. 니가 오죽했으면 남편을 때렸겠니. 그건 때린 게 아니고 친구가 너무 놀라서 충격을 받은 거겠지. 일종의 반사작용이라고나 할까? 아무튼 수정아, 나는 오직 니 걱정뿐이야, 알고 있지? 훌륭한 남편을 둔 친구를 왜 그렇게 걱정하는지 모르겠네, 쯧쯧. 오빠는 우정이 뭔지 몰라. 예를 들어 오빠가 내 친구를 털끝 하나라도 건드리면 나는 오빠의 뺨을 후려칠 거야. 나는 그게 우정이라고 생각해. 진짜 드라마 쓰고 있는 거 맞네. 남자가 킬킬거렸다.

수정아, 이제 너도 남편한테 벗어나서 여기저기 자유롭게 훨훨 날아다녀라. 선미야, 그래서 내가 여기까지 왔잖아. 늘 김치찌개 냄새와 된장국 냄새만 맡던 내가 술과 담배와 음악에 홀려서 여기까지 왔을까. 나는 비어 있는 안주 접시를 채워다 주었다. 넘치는 재떨이를 비우고 엎질러진 술을 닦아내고 흐트러진 주변을 정리했다. 내가 주방에서 거실로 왔다 갔다 하는 동안 그녀는 목소리를 낮춰 남자에게 소곤거렸다. 어떤 음모를 꾸미는 사람처럼.

수정아, 너는 일주일에 몇 번 예술 하니? 그녀의 말에 나는 예술? 하고 반문했다. 무슨 예술? 예술 있잖아 예술, 너 그거 몰라? 꼭 내 입으로 남녀가 자는 거라고 말해야 알아듣겠니? 나는 그제야 알아들었다. 나는 그런 말을 듣기도 거북한데 그녀는 섹스라는 말을 스스럼없이 하고 있었다. 에이, 그런 말을 어떻게 해. 어머 얘, 남편도 있는 애가 부끄럼을 타니. 너처럼 순진한 애랑 사는 남자도 답답할 거야. 그녀가 푸념했다. 남자들이 귀찮게 해서 회사에도 다닐 수 없다고. 지금 다니는 방송국도 언제까지 다닐지 모르겠다고. 나는 어쩌면 저 남자는 그녀의 애인이 아닐지도 모르겠다는 생각이 들었다. 그런 말을 듣고도 콧방귀를 뀔 수 있다면, 아니면 연기를 하나.

몇 시간 동안 술을 마셨는데도 그들은 취한 기색 하나 없었고 나는 자꾸 하품이 나왔다. 이제 잘 시간이 되지 않았나. 나는 시계를 찾아 두리번거렸다. 여긴 시계가 없네. 시계 따위에 자유를 빼앗기고 싶지 않다고 그녀가 말했다. 말꼬리를 물고 남자가 자유의 본질을 설파했다. 애가 이렇게 소심하니까 니 남편이 너를 얕보는 거 아니니. 얕은지 깊은지 어떻게 알아? 둘이서 또 시작이었다. 나는 그들의 대화에 더 이상 끼어들고 싶지 않았다. 그래서 나는 내가 집에서 나올 때 했던 비장한 계획을 실행하기로 결심했다. 나는 벌떡 일어나 침대로 향했고 눕자마자 곯아떨어져버렸다.

꿈인 걸까. 어둠 속에서 수많은 손가락이 내 몸을 만지고 있었다. 나를 사이에 두고 그들이 내 몸을 만지작거리고 있다니? 이게 무슨 짓이야! 나는 화들짝 놀라 비명을 질렀다. 장난으로 그런 걸 가지고 뭘 그렇게 화를 내니? 사실은 너도 좋은 거잖아? 그녀가 눈을 흘겼다. 남자가 쿵쿵대며 거실로 나갔다. 너는 니 친구와 나를 기만했어. 남자의 말이 거칠게 닫히는 문소리에 잘려 나갔다. 선미야, 너 나한테 이래도 되는 거야? 이게 도대체 뭐 하는…… 그녀가 내 말을 끊고 정색을 했다. 수정아, 별것도 아닌 걸 가지고 뭘 그렇게 예민하게 구니. 너답지 않게. 그냥 장난친 거야. 신발을 신고 나가는 나의 등 뒤에 그녀의 목소리가 들렸다. 니가 나 보러 왔지 오빠 보러 왔니? 가지 마, 수정아. 나는 뒤돌아보지 않고 걸었다. 다시는 너를 보지 않을 거야. 걸으면서 중얼거렸다. 때마침 오는 택시를 타고 집으로 돌아왔다. 다음 날, 남자에게서 전화가 왔다. 어젯밤 일을 해명해야 할 것 같아서 전화했다고. 필요 없다고 해도 남자는 말하고 있었다. 친구랑 미리 그렇게 하기로 합의가 된 걸로 알고 있었다고. 내가 그렇게 나쁜 놈은 아니거든요. 그러면서 만나자고 했다. 자세히 설명을 해야 할 것 같다고. 만나면 다 말해주겠다고. 나는 남자의 말을 피해 전화를 끊었다.

그 일이 있고 나서 일부러 그런 건 아니었지만 그녀의 전화를 제때에 받지 못했다. 나중에 전화를 하려다가 시일이 너무 지나서 그만두었다. 그 뒤로도 한동안 그녀가 얼마나 아픈지, 그녀가 얼마나 괴로운지, 그녀가 얼마나 외로운지 근황을 알리는 문자가 왔지만 나는 아무 말도 할 수 없었다. 너한테 전화도 안 오고 미치겠다. 내가 너한테 잘할 걸 그랬지? 응? 잘할 걸 그랬어. 그녀가 전화해서 소리쳤다. 나의 건강과 행복을 간절하게 바란다는 문자 끝에 붉은 하트가 찍혀 있었다.

무심히 창밖을 보고 있었다. 유난히 붉은 단풍나무 하나가 눈에 들어왔다. 문득 그녀를 떠올린 것 같았는데 그녀에게서 전화가 왔다. 십 년 전에 내가 그녀를 떠올렸듯이 어느 찰나의 순간에 그녀도 나를 떠올렸으리라. 그녀가 멀리 이사 갔다기에 다섯 시간 버스를 타고 가야 하는 머나먼 길을 기꺼이 갔다. 그때 내가 그녀를 버렸다는 죄책감의 정체를 확인하고 싶었다. 어찌 됐건 혼자 사는 그녀를 버렸다는 단순한 죄책감이 시간이 지나도 사라지지 않았다. 나도 모르는 감정의 실체를 확인하기 위해 그녀와 재회했다. 그녀는 나를 보자마자 한참을 울었다. 너는 왜 안 우니? 그녀가 물었다. 나는 예전에 많이 울었어. 내 말에 그녀는 나에게 힘들어 보인다고 했다. 나보다는 그녀가 더 외롭고 슬퍼 보였다.

수정아, 니가 오니까 좋다, 정말 좋다. 그녀는 유리컵에 소주를 가득 붓고 내 잔에 맥주를 채웠다. 수정아, 고사 지내니? 술 좀 마셔라. 그러고는 쉼 없이 술을 마시며 줄담배를 피웠다. 그녀에게 드라마를 쓰냐고 물었더니 고개를 흔들었다. 어디를 봐도 글을 쓰는 흔적이 보이지 않았다. 그때처럼 안방에는 커다란 침대가 놓여 있고, 작은 방엔 빛바랜 책꽂이에 누렇게 변색된 책들이 빼곡하게 꽂혀 있었다. 책상도, 노트북도, 데스크톱도 없었다.

드라마를 왜 안 쓰는데? 그녀는 대답 대신 유리컵에

가득 든 술을 단숨에 마셨다. 믿을 수 없는 말이 그녀의 입에서 흘러나왔다. 내가 요즘 젓갈 가게에서 알바하거든. 일주일 정도 했는데 내가 천만 원어치는 팔아줬을 거야. 오징어 배 한 궤짝 따면 얼마 버는 줄 아니? 밖에 나가봐라. 여자들이 돈 벌려고 얼마나 애쓰는지. 그녀가 예전처럼 없는 말을 지어내서 하는 것 같았다. 너 지금 드라마 쓰네, 쓰고 있네. 그녀의 지친 얼굴을 보자 말문이 막혔다. 낡은 옷깃에서 비릿한 냄새가 났다. 수정아, 너는 왜 글을 쓰니? 그녀가 물었다. 나는 내 안에 있는 진정한 나를 보기 위해서 글을 쓴다고 생각해. 나도 나 자신을 잘 모르겠으니까. 수정아, 참으로 너다운 생각이다. 정말 너답다. 그녀가 감탄하듯 말했다. 그녀가 생각하는 나는 내가 생각하는 나와 전혀 다를 수도 있겠다는 생각이 들었다. 보이는 게 다가 아니니까.

갑자기 그녀가 입양 이야기를 꺼냈다. 아이를 하나 입양할까 하는 생각이 든다고. 지금보다는 덜 외로울 것 같아서. 아이는 금방 커서 엄마 품을 떠나고 다시 외로워질 텐데. 수정아, 애들은 너한테 잘하지? 애들은 공부하랴 취업 준비하랴 얼굴 보기도 힘들었다. 수정아, 너 너무 외롭구나. 남편도 애들도 다들 바빠서 어떡하니? 나도 바빴다. 애들 돌보랴 남편 치다꺼리하랴 글 쓰랴 하루가 모자랐다. 니가 뭐가 바쁘니. 니가 무슨 일로 바쁘니. 그녀는 내가 글을 쓰는 것을 인정하지 않았다. 너의 남편은 지금도 여전하지? 그렇지 뭐. 나는 대수롭지 않게 말했다. 남자들이란 나이가 들수록 더 고지식해지는 것 같아. 신사적으로 살고 싶은데 그게 잘 안 되나 봐. 죽도록 노력하고 있대. 그녀의 입가에 웃음이 번졌다. 너의 남편 왜 이렇게 웃기니. 오랜만에 니네 남편 얘기 들으니까 스트레스가 풀린다야. 수정아, 지금이라도 늦지 않았어. 남편한테 벗어나서 훨훨 날아다녀라.

모든 게 그대로였다. 술 마시고 담배 피우고 슬픈 음악을 듣는 것도. '난 아직도 그대를 기다리고 있어요' 노래는 슬프게 깔리며 집 안을 가득 채우고 있었다. 볼륨 좀 낮춰. 왜 난 좋은데. 너무 시끄럽잖아. 왜 난 항상 이렇게 듣는데. 예전처럼 형광등은 모두 꺼져 있고 작은 조명등이 희미하게 밝혀져 있었다. 불 좀 켜, 너무 어두워. 왜 난 항상 이렇게 지내는데. 그녀는 끝내 불을 켜지 않았다. 나는 환한 불빛 아래에서 그녀와 마주 보며 얘기하고 싶었다. 그녀가 나한테 그토록 연락을 했는데 내가 왜 그걸 다 무시했는지. 그녀를 생각하면 어쩐지 미안하고 찝찝한 마음이 들었다. 나를 지키기 위한 방법을 택했을 뿐인데 왜 내가 그런 생각을 했는지. 그녀를 다시 만나 보니 이제는 그런 생각을 하지 않아도 될 것 같았다. 왜 그녀가 그리웠는지. 아, 더 이상은 그럴 필요가 없어.

수정아, 일어나. 이제 가야지. 깜빡 잠들었던가, 그녀가 깨우는 소리에 부스스 눈을 떴다. 속이 메슥거렸다. 겨우 일어나 화장실을 오가며 토하고 침대 신세를 졌다. 그렇게 누워 있으면 더 못 일어나. 움직여야지. 일어나 봐, 하고 그녀가 나를 일으켰다. 지금은 도저히 못 가겠어. 조금만 있다 갈게. 앓는 소리가 저절로 나왔다. 그러지 말고 어서 일어나, 너의 남편이 기다리겠다. 버스표도 끊어놨다며. 차 시간 늦겠다. 그녀는 버스를 놓칠까 봐 걱정했다. 차표는 미루면 돼. 좀 나아지면 갈게. 그래도 나를 재촉하는 그녀를 보자 짚이는 데가 있었다. 혹시 너 일하러 갈 거면 갔다 오면 안 돼? 어제 오징어 배 들어온다고 했던 거 같은데. 내 말에 그녀가 딴전을 피웠다. 너 아직 술이 덜 깼구나. 오징어 배하고 나랑 무슨 상관인데. 그럼 젓갈 가게 가려고 그러는 거야? 얘는 이기지도 못하는 술을 먹고 헛소리를 하고 있네. 나 봐라, 너의 열 배 스무 배나 술을 먹고도 멀쩡하지 않니. 이럴 거면 먹지를 말았어야지.

귀한 손님이라도 오려나 싶어 나는 간신히 몸을 추스르고 나왔다. 그녀가 따라 나와 택시를 잡아 태워주었다. 터미널에서 약 하나 사 먹고 가. 그럼 괜찮아질 거야. 그녀는 아쉬운 듯 손을 흔들었고, 나는 욕지기가 치밀어 눈을 감았다. 속이 뒤집히는 것 같았다. 버스에 올라서도 눈을 뜰 수 없었다. 다섯 시간을 타고 가는 동안 내내 멀미를 했다. 집에 와서 보니 열다섯 번이나 톡이 와 있었다. 수정아, 잘 가고 있는 거지? 어디쯤 가고 있니? 괜찮은 거니? 왜 답이 없니? 제발 건강해야 해. 문자마다 하트가 찍혀 있었다. 집에 잘 도착했어. 그녀에게 답을 보냈다. 한동안 그녀에게서 연락이 없었다. 무슨 일인가 전화했더니 받지 않았다. 내가 지금 바쁘니까 저녁에 전화할게. 한밤중에 다시 문자가 왔다. 너무 늦어서 전화 못 하겠네. 다음에 하자. 바쁘면 일부러 전화 안 해도 돼. 나는 잘 지내고 있으니 걱정하지 마. 내 문자에 그녀가 답을 보냈다. 잘 지내면 됐지. 너라도 건강하렴. 행복해야 해. 항상 그렇듯이 문자 끝에 붉은 하트가 찍혀 있었다. 나는 그동안 못 보냈던 하트를 바구니에 가득 담아 쏟아붓는 이모티콘을 보내주었다.

창문 너머 어렴풋이

이층에는 올라가지 마라.

삼촌의 목소리는 언제나 낮고 그윽하다. 나는 직선으로 이어진 네 개의 다다미방을 지나 왼쪽으로 굽어든다. 다시 오른쪽으로 돌아 발코니가 끝나는 지점에 이른다. 이곳에서 더는 앞으로 나아갈 수 없다. 시커먼 유리창이 가로막고 있기 때문이다.

정원은 잘 짜맞추어진 모자이크다. 너무 잘 가꾸어져서 그렇게 느껴지는 모양이다. 색색의 나뭇잎들이 위로부터 아래로 물들어가고 응달의 나무는 푸르뎅뎅하게 멍들어 있다. 바람에 나뭇잎이 공중으로 솟구친다. 할머니가 그렇게도 먹고 싶어 하는 감 하나가 툭 떨어져 내린다.

바람이 심하게 불고 난 후에도 감나무 아래 떨어진 감을 본 적이 없다. 순이가 수시로 주워내기 때문이다. 한밤중에 정원까지 불불 기어 나온 할머니가 감을 주워 감추어놓는다 해도 순이는 기어이 찾아내고 말 것이다. 연못가에 숨겨두었지 뭐예요, 시퍼런 감을 자랑스럽게 내보이며 순이는 말했다. 자기의 본분인 집안일을 하기보다는 고자질하는 게 더 재밌는 모양이다. 외숙모의 먼 친척이라는 순이는 할머니와 나에게 주인 행세까지 하려 들었다. 노인네가 무슨 식탐이 그렇게 많은가, 하고 외숙모의 말을 따라 하기도 했다.

아래층을 내려다보며 귀를 기울여본다. 아무 소리도 들리지 않는다. 층계 아래 할머니의 방문은 굳게 닫혀 있다. 뒷마당으로 나 있는 창문은 항상 열려 있다. 그들이 냄새가 난다고 열어둔 거다. 내려가서 창문을 닫아줄까 하다가 나는 고개를 흔들었다. 연민일랑 싹둑 잘라버리는 편이 낫다. 꼬장꼬장했던 할머니를 쓰러뜨린 중풍은 목소리마저 앗아가버렸다. 너무했다 싶었는지 한마디 남겨두긴 했다.

너만 먹냐?

할머니가 할 수 있는 유일한 말이었다.

이렇게 잡숫고 싶어 하는데 하나만 드립시다.

어머니가 할머니의 갈퀴 같은 손에 붕어빵을 쥐여주었다. 할머니의 손목은 내 엄지와 검지 안에 잡히고도 남을 만큼 뼈 가죽만 남아 있었다.

난들 안 드리고 싶을까마는.

막 입으로 가져가려던 붕어빵을 외숙모가 슬그머니 빼앗았다. 보일 듯 말 듯 미소 띤 할머니의 표정에 변화가 없어서 다행이었다. 평생을 아들 며느리 눈치를 보고 살아서 그런가. 만만한 게 엄마였다. 너만 먹냐, 할머니의 말에 붕어빵을 먹고 있던 어머니가 씹지도 않고 꿀꺽 삼켰다. 어머니는 왜 할머니한테 붕어빵 한 개 마음대로 주질 못하는 걸까. 나를 이 집에 맡겨놓아서 그러는 것일까.

나는 진즉부터 이 집을 나가고 싶었지만 참고 있었다. 그러면 방 얻을 돈이 필요하니까. 내가 이곳에서 견뎌온 시간들은 늘 무수히 주의를 주는 그들에게 적의를 품느니 비웃어버리라고 가르쳤다. 그들의 염려는 손거울에 얼굴을 들이대고 여드름을 짜는 것보다도 가치가 없었다. 발을 씻고 들어와라. 옷을 털고 들어와라. 햇볕에 드러난 먼지가 모두 내 것인 것처럼, 내 몸에서 먼지 하나라도 떨어질까 봐 벌벌 떠는 그들의 결벽증에 넌더리가 난다. 잘 닦여져 반들반들한 마룻바닥처럼 매끄럽고 건조한 질서를 따를 때마다 내 안에 들어 있던 감정이 툭툭 불거져 나오곤 했다. 그럴수록 그들에게 더욱 충실하려고 했다. 말하자면 똥이 더러워서 피했다. 그러나 정작 똥은 나였다. 그렇다고 비굴한 웃음을 지어 보일 필요까지는 없었다.

'가난하지만 비굴하게는 살지 말자.'

나의 좌우명이다.

강우야, 할머니 잘 보살피고 공부 열심히 하고 있어라이. 엄마가 멸치잡이 끝내고 올 터니까.

어머니가 다녀간 지 두 달이 넘었다. 이번에도 붕어빵을 사 오면 내가 할머니 손에 쥐여줄 것이다. 할머니는 늘 아이처럼 먹고 싶어 한다. 냄새가 나서 사과 껍질을 방에 뒀더니 싹 주워 먹고 없더라니까. 노인네가 많이 먹어서 이로울 게 없다고 삼촌 내외는 걱정했다. 그들은 여태 기도를 하고 있을까. 할머니를 하늘나라로 빨리 데려가달라고 기원하고 있을까.

초인종이 울렸다. 성당에 갔던 그들이 돌아온 것이다. 나는 아래층으로 내려와 문간방으로 들어갔다. 부엌방 옆에 딸린 문간방에 어머니가 만들어준 내 이부자리와 베개가 놓여 있었다. 나는 이부자리를 펴고 불을 껐다. 일찍 자는 게 상책이었다. 마루를 뛰어다니는 준채의 발소리, 웃고 떠드는 텔레비전 소리, 고소한 닭튀김 냄새, 두런대는 그들의 목소리가 방문을 뚫고 내 귓가와 코로 날아들었다.

그 병신 같은 놈은 어디서 뭐 하고 있길래 소식도 없을까.

외숙모가 큰아들을 들먹인다는 것은 한때 그와 살았던 여자를 씹기 위한 신호탄이었다. 몇 번 보지는 않았지만 부끄러워서 한 번도 형수라고 부르지 못했던 그 여자를 욕하면 나는 정말 듣기가 거북했다. 같은 말을 하도 들어서 다 외워버렸다. 그 무식한 년은 부부 싸움을 하면 자기 남편의 온몸을 이빨로 꽉꽉 물어뜯는다고 했다. 그 염병할 년은 잠자리를 하고 나서 아랫도리를 닦느라고 휴지 한 뭉치를 다 써버렸다고 했다. 군것질을 하도 많이

해서 슈퍼에 있는 과자를 동내버렸다고. 말이 되는가. 이혼하고 선창가 일미정에서 일한다는 것도 그들이 하는 말을 듣고 알았다. 자기 아들하고 헤어졌으면 끝난 거지 무슨 미련이 남은 걸까. 그들의 목소리가 막 잠들려는 내 귓가를 맴돌다 멀어져갔다.

뭔 개가 부엌에 앉아서 밥을 먹고 있네. 뭔 개가 저렇게 삐쩍 마르고 못생겼을까. 참 이상하게 생긴 개도 다 있네.

아침부터 준채가 호들갑을 떨었다. 그 소리에 그들이 부엌으로 몰려갔다. 할머니가 부엌 바닥에 앉아 밥을 먹고 있었다.

참말로 허천 병이 들었는갑소. 아직 밥때도 안 됐는데 그새를 참지 못하요?

화가 단단히 난 숙모의 목소리에 날이 서 있었다. 할머니가 물에 만 밥을 후루룩 마시고 일어나려고 버둥거렸다. 나는 허우적대는 할머니를 업었다. 이대로 할머니를 업고 이 집을 나가고 싶었다. 할머니는 너무 가벼워서 업고 달리기를 할 수도 있을 것 같았다. 하지만 지금은 때가 아니었다. 그들이 지켜보고 있었다. 할머니의 방은 부엌과 끝에서 끝이었다. 할머니는 걷지도 못하면서 어떻게 부엌까지 왔을까. 죽을힘을 다하면 안 되는 일이 없는가 보다. 대단한 우리 할머니.

스톱. 스톱. 너 지금 움직이면 벌금이 얼만지 알아? 천만 원도 넘어. 준채가 하나 마나 한 소리를 하며 따라오고 있었다. 스톱. 스톱. 줄기차게 따라온 준채가 할머니의 방 앞에서 코를 쥐고 돌아섰다. 아이 똥 냄새야. 할머니를 눕히고 나오자 다시 스톱을 외쳤다. 거기 서. 스톱. 스톱. 나는 뒷마당으로 나가서 목욕탕 안으로 들어갔다. 준채가 문을 힘껏 잡아당기자 나는 잡았던 문고리를 놓았다. 문이 활짝 열리면서 준채가 뒤로 나자빠졌다. 준채의 울음소리에 그들이 뛰어왔다.

너는 왜 어린 애를 그렇게 괴롭히냐?

삼촌이 혀를 끌끌 찼다.

준채랑 저랑 동갑이에요.

나는 삼촌을 올려다보았다. 삼촌이 한심하다는 표정을 지었다.

어른한테 달랑달랑 대드는 것 좀 봐라. 학교에서 그렇

게 시키든?

외숙모의 말에 삼촌이 응답했다. 너는 왜 공부를 하냐, 뭣 땜에 공부를 하냐, 그러면서 삼촌은 나의 전반적인 생활 태도에 대해 부정적인 의견을 펼치고 있었다. 그 옆에서 준채가 혀를 날름대며 까불거렸다. 나는 하나도 약이 오르지 않았다. 하도 당하다 보니 면역이 되었단 말이다. 준채 정도야 뭐.

정말이지 사촌 형들이 서울로 간 것은 천만다행이었다. 이곳에 있었다면 자기 동생을 괴롭혔다고 공터로 불러내 군홧발로 짓밟았을 것이다. 일부러 군화를 꺼내 신었지. 본때를 보여주려고. 그 상처가 지금도 내 허벅지를 장식하고 있었다. 자기 형들이 했던 짓을 고스란히 따라 하는 준채도 모자란 놈이었다. 내 숙제도 하기 바쁜데 자기 동생 숙제까지 나한테 다 맡기던 형들도 마찬가지였다.

준채는 숙제를 해주면 잘못했다고 트집을 잡고 나를 때렸다. 준채가 치면 나도 쳤다. 준채가 형들한테 고자질을 하면 나는 삼촌한테 가서 일렀다. 삼촌은 오히려 나를 나무랐다. 일본에서 사 왔다는 삼촌의 만년필을 형들이 내 가방에 숨겨놓고 고자질했을 때, 내가 아니라고 하자

거짓말한다며 빰을 갈기던 삼촌의 매서운 손바닥의 감촉도 여태 빰 언저리에 남아 있었다. 이제 나는 웬만한 일에는 눈 하나 깜빡하지 않았다. 그들에게 온갖 수모와 배신감을 얻어먹었으니 밥을 먹지 않아도 배가 부르다면 얼마나 좋을까. 그러나 나의 배는 꼬르륵 소리를 내고 있었다.

밥을 먹기 전, 삼촌 내외는 기도를 했다.

이제 그만 노친네를 하나님 곁으로 불러주소서. 이렇게 살 바에야 하늘나라로 가는 편이 노친을 위하는 길이옵니다. 곧 불러주실 것을 믿습니다.

나는 그들이 기도하는 모습을 바라보았다. 그들의 머리 위에 걸려 있는 십자가와 기도하는 사무엘 액자가 그들을 굽어살피고 있었다. 그러니 그 기도는 무효였다.

기도가 끝나고 밥을 먹었다. 손을 뻗어 고기를 집는 순간 준채의 젓가락이 나의 젓가락을 막았다. 이른바 젓가락 싸움이라고나 할까. 불고기, 생선전, 계란찜, 오징어볶음, 멸치볶음. 김치가 아닌 다른 반찬을 집을 때마다 항상 그랬다. 그때마다 그들은 텔레비전으로 눈길을 거두며 못 본 체하고 있었다. 맛있는 냄새는 난다마는 너랑 나랑은 냄새나 맡자. 예전에 할머니가 했던 말은 아직도 유효했다. 나는 치사해서 내 앞에 있는 김치로 젓가락을 가져갔다. 김치는 익을 듯 말 듯 맛이 들어 있었다.

그들이 먹다 버린 시어빠진 김치와 낡은 양말, 헌 옷가지를 가져올 때마다 나는 할머니한테 화를 냈다. 할머니, 이런 것 좀 가져오지 마세요. 우리가 거지인 줄 알아요? 그러면 할머니가 배부른 소리 하고 있다며 나를 나무랐다. 너의 삼촌네는 얼마나 아끼는지 아냐고, 그러니까 부자가 되는 거라고 퍼부어댔다. 물을 아껴 써라, 전기를 아껴 써라, 잔소리가 심했다. 자기 손자들한테는 꼼짝도 못하면서 우리가 가난하다고 무시하는 건가. 그러니까 할머니, 이거 도로 그 집에 갖다 주면 더 부자가 될 거 아니냐고요. 그때 어린 나는 할머니한테 아무 말도 할 수 없었지만 지금이라면 이런 말도 해주고 싶었다. 이제는 할머니가 나한테 꼼짝도 못하니까.

녀석들, 모처럼 일광욕 하겠네.

삼촌이 흐뭇한 표정으로 정원을 향해 말했다. 학교 다녀오겠다는 내 인사를 못 들은 척 하늘을 올려다보고 있었다. 뚱하니 입술을 내민 순이가 빨리 꺼져버리라는 표정으로 대문을 열고 기다리고 있었다. 내가 대문을 나서자마자 철 대문 닫히는 소리가 요란했다. 나도 고자질쟁이는 딱 질색이었다.

나는 모르는 사람의 집처럼 그의 집을 쳐다보며 걸었다. 콘크리트 벽 위에 화살표 모양의 쇳대를 박아 넣은 드높은 담장을 새삼스럽게 쳐다보았다. 촘촘한 쇳대 사이로 꽃나무가 삐져나와 흐드러지고 그 너머로 기다랗게 이어진 시커먼 유리창이 보였다. 바깥에서 볼 때는 두슨 벽이 저렇게 시커멓게 생겼나 했더니 안에서 보니 정원을 향해 나 있는 유리창이었다. 나는 그제야 삼촌이 느닷없이 내 등 뒤에 나타나곤 하던 까닭을 알았다.

혓바닥처럼 늘어진 목련꽃 이파리를 따냈을 때도, 살찐 잉어들을 향해 돌멩이를 던졌을 때도, 감나무 가지에서 감을 땄을 때도 삼촌은 느닷없이 나타나서 내게 주의를 주었다. 나는 나의 일거수일투족을 다 꿰뚫고 있는 삼촌을 한동안 두려워했다. 책상 앞에 앉아 있으면 등이 스멀거렸다. 뒷모습을 보이지 않으려고 서성거렸다. 생각도 반쪽밖에 할 수 없었다. 시커먼 유리창 안에서 삼촌이 나를 보고 있을 거라고는 상상도 하지 못했다.

이층에는 올라가지 마라.

외출할 때마다 삼촌은 말하곤 했다. 이층에 대단한 것이라도 있는 것일까. 그들이 성당에 가고 없던 날 순이가 잠든 틈에 나는 이층으로 올라갔다. 이층에는 올라가지 말라는 지나친 당부가 내 호기심을 자극해서였다. 양초를 칠해 닦아놓은 층계가 미끄러워서 벽을 짚고 올라갔다. 네 개의 다다미방이 있었고, 방과 방이 통하는 문이 활짝 열려 있어 기다란 직사각형을 이루고 있는 방은 운동장처럼 넓었다. 방마다 금박 장식을 한 책들과 산수화가 그려진 병풍이 벽을 따라 놓여 있었다.

벽장문 앞에는 큼직한 자물쇠가 걸려 있었다. 값나가는 그림을 모아둔 방이었다. 이 집 아들이 그림을 훔쳐 나간 뒤로 조치를 취한 거라나. 그렇게 비싼 그림이 있어서 이층에는 올라가지 말라는 것일까. 내가 이층에 올라가는 자체가 싫은 것일까. 그래도 나는 종종 이층에 올라갔다. 처음에는 호기심 때문에 올라갔고 나중에는 아래층에 있기 싫어서 올라갔다. 먹지도 못할 음식 냄새를 맡는 것이 지겨워서 올라가기도 했고, 준채 몰래 숨기 위해 올라가기도 했다. 이층은 조용했고, 그들이 보이지 않아서 좋았다.

다다미방에 누워 멍하니 천장을 바라보았다. 배를 깔고 엎드려서 『나는 이렇게 속았다』를 읽기도 했다. 그 책은 누군가 누구에게 속은 내용이 자세히 쓰여 있었고 삽화도 그려져 있었다. 처음에는 차근차근 읽다가 시시해져서 삽화만 보았다. 나도 이 집에 들어오기 전에는 삼촌이 일본 유학도 다녀오고 학식이 있고 점잖은 사람이라고 생각했고, 숙모도 인자하고 좋은 사람이라고 생각하고 있었다. 나도 이렇게 속은 것이다.

알고 보니 여섯이나 되는 자식들 전부 다 서울에 있는 대학에 돈으로 집어넣고 서울 강남에 아파트 사준 불법 투기꾼이 아닌가. 자기 돈으로 비리를 저지르는 것보다도 더 나쁜 것은 우리 돈도 가져가서 갚지 않고 있었다. 고깃배가 풍랑을 만나 아버지가 돌아가시고 나자 어머니한테 집 팔고 고향으로 내려가서 살라고 했던 장본인이 아닌가. 우리 집 판 돈을 담보로 강우는 내가 끝까지 잘 보살펴줄 테니 걱정하지 말라던 외삼촌이 아닌가. 나는 모르는 사람처럼 삼촌네 집을 쳐다보며 걸었다. 학교 가는 길목에 있는 그의 집을 올려다보며 아이들은 말했다. 저런 부잣집에서 한번 살아보고 싶다고. 나는 내가 그곳에 산다고 아무한테도 말하지 않았다.

시험을 감독하는 선생은 종이 울릴 때까지 자리를 뜨지 말라고 엄명했다. 나는 문제를 다시 읽고 답을 또 한 번 확인했다. 시험 때는 다 맞는 것 같은데 나중에 보면 틀린 답이 나왔다. 그건 내 실력이 부족해서 어쩔 수 없는 것이지만 답안지에 답을 밀려 쓰는 것은 억울한 일이었다. 나의 학비를 버느라고 눈코 뜰 새 없이 바쁜 어머니를 위해서라도 시험을 잘 봐야 할 텐데. 나는 답안지를 다시 한번 확인했다. 그래도 시간이 남아 있었다. 나는 연필을 한 번도 안 떼고 새를 그리고 별을 그리면서 시험지 여백에 낙서를 했다. 시험지 여백이 새까매져도 종은 울리지 않았다. 시간은 끝없이 이어지는 길을 하염없이 걸어가듯 지루하게 흘러가고 있었다. 햇빛은 책상 위에 창살 무늬를 그려놓았다. 그림자는 붙박인 듯 움직이지 않았다. 나는 창밖으로 시선을 돌렸다. 운동장 가에 늘어선 은행나무가 물들기 시작하고 있었다. 은행나무가 완전히 물들면 어머니가 오리라. 노랗게 노랗게 물들었네 빨갛게 빨갛게 물들었네 가을 길은 고운 길. 트랄랄랄라 노래를 하며…… 바로 그때 시험 시간이 끝나는 종이 울렸다.

방과 후에 남은 네 명의 아이들은 다들 집에 가기 싫은 아이들이었다. 우리는 영화나 책 내용에 상상을 보태서 이야기를 했다. 이야기를 하다 보면 시간이 금세 지나가 버렸다.

이야기를 좋아하면 가난하게 산다더라.

이 말은 어머니가 했던 말인가 할머니가 했던 말인가. 어머니는 이야기를 좋아했다. 그래서 우리 집이 가난한 것인가, 나는 어머니한테 물었다. 그러자 어머니가 말했다. 우리 집이 뭣이 가난하다냐. 이렇게 잘생긴 아들이 있는디. 공부도 잘하제, 효자제, 착하제, 이만하면 부자제 뭣이 가난하다냐. 그렇게 말해주는 어머니가 좋았다. 어머니랑 이야기하면 재미있었다.

우리 어머니는 성대모사를 잘해.

어머니가 성대모사를 했던 건 아니고 무슨 이야기를 하다가 필요하면 흉내를 냈는데 정말 똑같았다. 어쩌면 우리 어머니는 배우나 성우를 해야 할 운명을 타고났는데 시대를 잘못 타고 태어나지 않았을까. 그러자 아이들이 나에게 한번 해보라고 했다. 나는 어머니가 했던 말을 흉내 냈다. 그들과 형수라고 불러보지 못했던 게 약간은 아쉬운 그 여자와 고자질쟁이 순이가 했던 말을 흉내 냈다. 어머니처럼 잘되지는 않았지만 그런대로 괜찮았다.

그만 좀 웃겨, 새끼야.

아이들이 배를 잡고 웃었다. 역시 나는 어머니의 피를 물려받은 모양이었다. 나는 어쩌면 나중에 성우나 배우가 될 수 있을지도 몰랐다. 두고 봐. 나는 나중에 예술적으로 성공하고 말 거니까. 다 돼도 부자는 되기 싫어.

구라 좀 그만 쳐 새끼야.

친구들이 낄낄거렸다. 서로 자신들의 어머니 이야기를 하려다가 말끼리 부딪치곤 했다. 수위가 이제 그만 집에 가라고 할 때까지 우리는 떠들었다. 하는 수 없이 학교에서 나와 집을 향해 걸었다. 집에 가기 싫어서 온갖 해찰을 하며 걸었지만 벌써 삼촌네 집 앞이었다. 야, 여기 진짜 부잣집이다. 아이들이 걸음을 멈추고 삼촌네 집을 올려다보았다. 나도 아이들과 함께 쳐다보았다.

저 집은 꼭 요새 같아. 저 이중 삼중으로 둘러쳐진 담장 좀 봐. 저 집에선 누가 죽어도 모르겠다.

누군가의 말에 나는 멀뚱멀뚱 그의 집을 쳐다보았다. 새 한 마리가 담장 밖으로 훌쩍 날아올라 멀리 사라졌다. 나는 저 새가 할머니의 영혼이었으면 좋겠다고 생각했다.

저 안에서 노인이 죽어가고 있어. 상상을 해보는 거지. 다른 사람도 아닌 저 집 아들 내외가 자기 엄마를 죽이고 있다고 상상을 해보는 거야.

내 말에 한 놈이 상상을 보탰다.

옛날에는 먹을 게 없어서 노인을 죽였다지만 요즘은 먹을 게 남아돌아서 죽이는 거지. 못 먹고 못살았던 어머니의 한을 풀어주기 위해 아들 내외는 냉장고에 먹을 것을 쟁여놓는 거지.

그래 봤자 자기들이 먹겠지.

아니지. 쎄가 빠지게 농사지어서 하나밖에 없는 아들을 일본 유학까지 보내주고 할 일을 다 했다는 듯이 죽을 날을 기다리고 누워 있는 노인한테 날마다 맛난 것을 제공하는 거지.

노인은 죽을 만큼 먹고 죽어버리는 거지.

노인이 너무 많이 먹어서 죽었다는 말을 사람들이 수긍할까. 굶어 죽었다면 몰라도?

너무 뻔한 말만 하는 녀석들이 지겨웠다. 시간을 낭비하기 위해 우리는 걸음을 멈춘 채 말씨름을 했다.

안락사시키는 방법도 있지.

우리나라는 법에 금지돼 있어.

텔레비전에서 봤는데 어떤 사람이 암에 걸렸는데 스위스에 가서 주사 한 대 맞고 편히 죽더라.

이야기가 샛길로 빠졌다.

스위스에 도착하기 전에 죽겠다. 너무 멀어.

죽어가는 노인네가 그렇게 오래 비행기를 타고 갈 수 있겠냐고.

그러니까 그냥 한국에서 죽어야지, 자랑스러운 태극기 앞에서.

하나 마나 한 말을 하는 녀석들이 지겨웠다. 우리에게는 항상 창의적인 상상력이 부족했다.

그의 집을 지나쳐 역사박물관을 지나 오거리에 이르자 나 혼자 남았다. 아이들은 각자 자기 집으로 가고, 나 홀로 걸었다. 비린내 묻은 바람이 젓갈이 담긴 드럼통을 스치고 내 머리카락을 더듬었다. 누군가의 발에 밟혀 창자가 터진 생선이 길바닥에 널브러져 있었다. 고무통 안을 탈출하려고 안간힘을 쓰며 기어오르는 커다란 문어 한 마리. 껍질이 홀랑 벗겨진 채 뒤엉켜 꿈틀대고 있는 뱀장어들과 대형 비닐 봉투 안에 묶여 있는 닭발들. 댕강 잘린 돼지머리는 웃고 있었다.

비치파라솔이 늘어서 있는 시장 통로를 지나 선창 안으로 들어갔다. 정박한 배에 꽂힌 붉고 푸른 깃발이 하늘을 향해 펄럭거렸다. 여객터미널이 가까워 올수록 비린내가 엷어졌다. 배 시간을 마감한 터미널은 텅 비어 있었다. 바닷물은 쓰레기와 배에서 흘러내린 기름기로 더러웠다. 퐁당 빠진 저녁 햇살이 기름기와 섞여 무지개를 빚고 있었다. 한참을 들여다보고 있으면 물살에 몸이 밀려갈 듯 어질어질했다.

오늘은 어머니가 오겠습니까?

나는 어머니처럼 엄지손가락으로 나머지 손가락을 차례차례 짚어가며 손가락 점을 쳤다.

온다면 가운뎃손가락을 꼭 맞춰주십시오. 꼭. 꼭. 꼭. 꼭. 꼭.

마지막에 가운뎃손가락이 엄지손가락과 만날 수 있도록 일부러 '꼭'자를 더 집어넣었다. 어머니는 내가 무슨 일을 걱정하면 손가락 점을 쳐서 원하는 쪽이 맞도록 해주곤 했다. 나는 어머니가 올 수 있도록 점을 쳤고, 어머니가 오기를 기다렸다. 그러다 보면 멀리 안개에 가려 흐릿하게 배가 보이고 닻이 내려지고 이윽고 사람들이 내렸다. 나는 한꺼번에 밀려 나오는 사람들을 하나하나 눈으로 좇으며 어머니가 나타나기를 기다렸다. 뒷모습이 꼭 어머니 같아서 뛰어가보면 어머니가 아니었다. 방금 지나갔나 싶어 뛰어가봐도 어머니는 보이지 않았다. 점은 한 번도 맞지 않았고 어머니는 길고 긴 기다림의 시간을 지나 전혀 기대하고 있지 않을 때 와 있곤 했다.

너의 아버지도 할머니가 낳고 이 고모도 할머니가 낳았으니께 준채랑 강우는 사촌간이제. 그란께 강우랑 잘 지내라이. 섬에는 학교가 없으께 느그 집에 와서 학교 다니는 것 아니냐. 고모가 돈 많이 벌어갖고 우리 준채 좋은 것 사줄 터니 사이좋게 지내라이.

어머니의 말에 준채가 지껄이기 시작했다.

공부만 잘하면 뭐 해? 돈이 있어야 대학에 가지. 돈이

나 벌지 공부는 해서 뭐 해? 거지같이 가난한 주제에.

준채의 말에 어머니가 웃음을 터뜨리자 외숙모가 따라 웃으며 말했다.

어린것이 한 말이니 속에 담아두지 말게.

성님도 참, 그라제라. 준채나 강우나 뭔 속이 들어찼겄소. 인자 중학교 올라간 나이에 아직은 철부지제. 시장에나 얼릉 댕겨옵시다. 강우 먹을 것도 사놓고 가야제라. 한창 클 나이라 먹성도 좋을 것이요. 어서 가십시다.

엄마, 가지 마. 거지랑 같이 다니면 창피해.

그런 말을 나불대는 준채가 귀엽다는 듯이 숙모의 입이 귀에 걸려 있었다. 금니가 위아래로 번쩍거렸다.

니 엄마는 이짝으로 가고, 나는 저짝으로 가면 되지야. 그라믄 걱정 없겄지?

준채에게까지 비위를 맞추고 있는 어머니는 밉상이었다.

선창가 여객터미널에 땅거미가 내리고 빤짝, 하는 순간 가로등이 켜졌다. 저 멀리 일미정의 불빛이 따뜻해 보였다. 삼촌네 집보다 천 배 만 배 따뜻해 보였다. 나는 그곳을 향해 걷고 있었다. 일미정에 다닌다는 그 여자를, 어색해서 나 혼자 속으로만 몇 번인가 형수라고 불러봤던 그 여자를 떠올리며 걸었다. 집에 가기 싫어서 그 여자를 떠올렸는지, 정말 거기서 일하는지 확인하러 가고 있는지 내 마음 나도 몰랐다.

그들이 집을 비울 때, 여자는 고깃국에 밥을 말아주었다. 행여 그들이 성당에서 돌아올까 봐 부엌문 앞에서 서성거렸다. 나는 별로 먹고 싶지 않았지만 여자의 성의를 봐서 후다닥 먹어치웠다. 고깃국은 맛있었다.

여자한테 들었던 말이 떠올랐다.

그 집은 오가는 사람들도 없어야. 자기 엄마도 모르는 사람들이 친척들을 알겠냐. 할머니가 풍에 걸려 누워 있는 줄 알지만 그것도 아니어야. 먹은 것이 있어야 화장실에라도 가제이. 내가 몰래 밥 갖다 줬다고 눈엣가시가 박혔어야. 첨에는 죽지 않을 만큼 밥을 주다가 이젠 아예 주지도 않더라. 시퍼런 감 주워 먹고 쓰레기통 뒤져서 먹는 것을 내 두 눈으로 똑똑히 봤어야. 모질고도 모진 것이 목숨인지 여태 죽지 않은 것이 기적이어야. 할머니가 무슨 죄가 있겄냐. 밥을 먹으면 똥을 싸는 것이 죄지. 고

모는 또 무슨 죄가 있겄니. 말끝마다 거지, 거지, 하게. 자기네보다 없이 살면 다 거진가. 입에 붙은 것이 고모네 거지들이여야. 어른들이 하는 말을 자식들도 배워서 그대로 따라 하더라. 돈이 많으면 뭐 한대? 다 큰 자식들 코빼기도 안 비치는데. 말년에 생긴 준채한테 낙 붙이고 사는 그 사람들도 불쌍한 사람들이여야. 몇 번 보지는 않았지만 이상하게 나는 고모네 식구들 보면 정이 가더라. 공부 열심히 해서 보란 듯이 성공해라. 꼭 성공해라이.

그 뒤, 여자를 보지 못했다. 여자가 그 집을 떠나고 가장 아쉬워했던 사람은 어머니였다. 그래도 그 집에서 나를 고모라고 불러준 애가 그애였는디. 나한테 속엣말을 다 했는디. 어머니에게 들은 말이 생각났다. 나도 우리 집에서는 귀한 딸이여라. 어쩌면 그렇게 사람을 천대할 수 있다요, 나한테 그라더라고. 서방인지 남방인지 집 나가서 들어오지도 않는디 이 집에 혼자 남아 괄시받고 살 이유가 있겄냐. 자기 아들이 그림 훔쳐갖고 나간 것까지 뒤집어씌운다고 하더라. 어디서든 잘 살아야 할 것인디. 젠장, 도대체 무슨 그림인데 그러는 거야. 국보급 그림이라도 된다는 거야 뭐야. 나는 어느새 여자를 편들고 있었다. 어딜 가든 잘 살아야 쓸 것인디.

어머니의 말이 긴 여운을 남겼다. 그래서 내가 여기까지 온 것인가.

일미정. 간판 옆에 두 개의 초롱불이 매달려 있었다. 활짝 열려 있는 대문 안으로 내부가 훤히 들여다보였다. 정면에 대청마루가, 마당 왼쪽에 방들이, 오른쪽에 약간 경사지게 흙무덤을 올려 키 작은 나무들이 심어져 있었다.

나는 용기를 내서 안으로 들어갔다. 나무들이 오종종하게 서 있는 뒤편에서 음식 냄새가 났다. 부엌문 사이로 머릿수건과 앞치마를 두른 아줌마들이 분주히 일을 하고 있는 게 보였다. 주방을 기웃거리다가 다시 마당으로 나오는데 갑자기 방문이 활짝 열리고 여자들의 말소리와 웃음소리가 터져 나왔다.

오메, 대그빡에 피도 안 마른 애기가 여기가 어딘 줄 알고 와부렀을까이. 아가, 얼릉 집에 가거라. 잘못 들어왔다이. 한 여자가 말하자 다른 여자가 응답했다. 엉덩짝에 시퍼렁도 안 가신 놈이 어디를 기웃거리냐고, 그러자 여자들이 한마디씩 하며 깔깔거렸다. 여자들의 말을 한마디로 정리하자면 다음과 같다. 싸게싸게 안 나가냐, 이

싹수없는 놈아.

여자들의 공격에 나는 어이가 없었지만 기죽지 않고 그 여자에 대해 설명했다. 키는 아담하고 머리는 길고 얼굴이 하얗고 예쁘게 생긴…… 그런 여자 없다고 여자들이 말했다. 나는 굴하지 않고 묻고 또 물었다. 그 결과 여자가 서울로 올라갔다는 걸 알게 되었다. 서울 어디로 갔어요? 하고 묻자 여자들이 대답했다. 그것을 우리가 어떻게 알겠니?

나는 터벅터벅 걸으면서 생각을 정리했다.

그들이 여자의 흉을 보며 일미정에서 일한다는 말을 했을 때부터 나는 그 말을 믿지 않았다. 그래서 확인을 하고 싶었던 것이다. 여자가 서울로 올라갔다고 한 것은 저 여자들이 다른 사람을 착각한 것이다. 아니면 내가 하도 물어보니까 귀찮아서 얼렁뚱땅 대답한 것일 수도 있었다. 그러니까 결론은, 어느 하늘 아래에서 잘 살고 있겠지.

직선으로 이어진 네 개의 다다미방을 지나 왼쪽으로 굽어든다. 마흔 걸음쯤 걸어가 발코니가 끝나는 지점에 이른다. 이곳에서 더는 앞으로 나아갈 수 없다. 다시 왼쪽으로 돌아 층계 입구로 나온다. 이층에 올라왔다는 것을 확인해본 것뿐이다. 동. 서. 남. 북. 그가 사방으로 먹이를 던지자 잉어들이 주황색 소용돌이를 그리며 몰려다닌다. 그가 먹이를 한꺼번에 쏟아붓자 소용돌이가 먹이를 향해 동그랗게 모인다. 그때였다. 할머니가 정원을 기어가고 있었다. 나는 내 눈을 비비고 다시 한번 보았다. 어쩌나 보려는 것처럼 삼촌 내외가 뒷짐을 지고 보고 있었다. 할머니가 감나무 아래 떨어진 감에 손을 뻗었다. 삼촌이 다가가자 얼른 주워들었다. 홍시가 할머니의 손에서 뭉개졌다. 으깨진 감을 할머니가 입속에 넣었다. 숙모가 감을 빼내려 하자 할머니가 완강하게 도리질을 쳤다.

나는 얼른 아래층으로 내려가 정원으로 갔다. 그들이 할머니의 머리를 붙들고, 할머니의 입을 벌리고, 감을 빼내려 했으나 이미 먹어버린 후였다.

할머니, 빨리 죽어버리세요.

나는 할머니에게 말했다.

할머니한테 말하는 것 좀 봐라. 학교에서 그렇게 시키든?

숙모가 미간을 찌푸렸다.

애비 없는 후레자식이라더니.

그가 혀를 쯧쯧 찼다.

스톱, 하면 서라고 했지. 내 말을 어길 때마다 천 원이 붙는다고 했지. 너 지금 나한테 빚이 얼만지 알아. 천만 원도 넘어. 언제 갚을 거야. 준채가 내 배를 걷어찼다. 갑작스러운 공격에 나는 두 손을 앞으로 짚으며 무릎을 꿇었다. 이렇게 기어봐. 멍. 멍. 준채가 네 발로 걸어가는 시늉을 해 보였다. 나는 개가 되어 짖어대는 준채를 구경하며 할머니를 업었다. 이대로 할머니를 업고 탈출하고 싶지만 신중해야 했다. 섣불리 움직이다가 큰코다친다. 그들이 자고 있는 밤에 탈출을 하는 게 가장 안전하다. 진짜 마음을 먹었으면 계획을 철저하게 세워야 한다. 어디로 갈 것인가. 어머니한테 가야지. 방법은 하나였다. 나는 다시 한번 결심했다. 할머니를 데리고 어머니한테 가는 거다. 일단 할머니를 방에 눕혔다.

그들이 잠들자 다시 이층으로 올라갔다.

유리창 밖 선명했던 나무들이 그새 보이지 않는다. 잠시 어둠 속에 묻혀 있는 것이다. 어둠은 깜빡 잊고 있었던 것처럼 아차, 하는 순간에 온다. 벌써 밤이네, 라고 소리를 내어 말하게 한다. 밤을 새워 새벽을 기다리게 한다. 어느덧 날이 밝아오며 모든 게 선명해지기 시작한다. 어둠은 특별히 할 일이 없어서 캄캄하게 지웠다가 다시 채워 넣기를 반복할 뿐이다. 그것뿐이다, 라고 나는 소리를 내어 말해보았다. 머릿속이 복잡할수록 생각을 단순하게 하는 연습이 필요하다. 날이 새기 전에 할머니를 업고 행동 개시를 하는 거다. 그들이 깊은 잠에 빠져 있을 때 여기를 빠져나가서 다시는 돌아오지 않을 것이다.

나는 잠시 드러누워 날이 새기를 기다렸다. 할머니를 어떻게 데리고 나갈까, 고심하다가 잠시 눈을 붙이기로 했다. 꿈속에서 나는 이제 그만 일어나서 할머니를 업고 나가야지 하고 중얼거렸다. 꿈속에서 꿈을 깨려고 엎치락뒤치락하다가 나는 할머니를 업고 무사히 그들의 집을 빠져나왔다. 그들이 쫓아올까 봐 할머니를 업고 뛰었다. 선창가를 지나 여객터미널에서 배가 오기를 기다렸다. 배는 좀체 오지 않았다. 배가 언제 오냐고 할머니가 물었다. 할머니 조금만 기다리세요. 내 말에 할머니가 배를 빨리 부르라고 재촉했다. 내가 조금만 더 기다리라고 하자 할머니가 벌떡 일어나서 바다 쪽으로 내달리더니 이내 바다 위를 걷기 시작했다. 나는 할머니가 바다에 빠질까 봐 무서워서 할머니를 불렀다. 할머니, 할머니. 목 놓아 부르는데 순이가 나를 흔들어 깨웠다. 너네 할머니가 죽었어, 하고 소곤거렸다.

아침에 어머니가 왔지만 나는 아무런 얘기도 꺼내지 못했다. 할머니의 장례식을 치르는 슬픔에 겨운 어머니의 얼굴을 보자 입이 열리지 않았다. 어머니한테 걱정을 끼치지 않으려면 그냥 이대로 있는 편이 나았다. 잠시만 참자. 잠시만. 참는 자에게 복이 있나니.

결국 삼 년을 더 그의 집에 머물렀다. 대학에 합격했으나 등록금이 없었다.

돈 좀 빌려주세요. 성공해서 꼭 갚겠습니다.

떨어지지 않는 입을 겨우 떼서 삼촌에게 말했다.

대학은 가서 뭐 하게. 내려가서 집안일이나 거들어라.

삼촌이 말했다. 송충이는 솔잎을 먹고 살아야지, 했던가.

'가난하지만 비굴하게는 살지 말자'

나의 좌우명을 앞세우고 그 집을 나왔다. 그리고는 서울로 올라와서 돈을 벌었다. 대학에 가는 대신 공인중개사가 되어 열심히 일했다. 최소한 네 시간 이상은 자지 않았다. 새벽 네시면 일어나서 영어 회화를 배우고 아르바이트를 하면서 발바닥이 닳도록 집과 땅을 보러 다녔다. 나태해지려 할 때마다 그들을 생각하며 이를 악물었다.

원룸에서 시작해서 수많은 이사 끝에 드디어 강남에 집을 마련했다. 그를 초대해서 정원이 있는 집을 보여주고 싶었다. 그는 오지 않고 준채를 통해 소식을 들었다. 지가 무슨 수로 강남에 집을 사냐고, 도둑질하지 않은 이상 어떻게 사냐고, 믿지 않는다고 했다. 그럴수록 나는 더 악착같이 돈을 모았고, 강남의 건물주가 되었다. 시커먼 창마다 밖이 내다보이도록 설계한 건물이었다.

그를 다시 초대했지만 오지 않았고, 준채가 와서 돈을 빌려달라고 했다. 그의 자식들이 하는 일마다 안 되고 망했다는 소문이 떠돌았다. 그리고 얼마 안 가 두 내외가 꼼짝도 못하고 누워 지낸다는 소식을 들었다. 어느 날 아침, 눈을 떴는데 사지가 마비됐다고. 그들이 와서 내가 성공한 모습을 봐야 하는데. 내가 성공한 모습을 그들에게 보여주고 싶었는데.

폭염

그해 여름, 텔레비전에서는 연일 폭염에 대한 뉴스를 방송하고 있었다.

폭염으로 저수지가 갈라지고 바다는 녹조 현상이 가득하고 전국에서 몇백만 마리의 가축이 죽어나갔습니다. 폭염에 대응하는 힘이 없는 가축들은 죽을 수밖에 없는 게 운명입니다. 이번 폭염이 가축들에게는 인간과는 비교도 되지 않는 재앙이 되고 있습니다. 사상 최악의 폭염 속에 동물들은 사람보다 몇 배나 심한 고통을 받게 됩니다. 가축과 양식장 물고기 등, 동물들이 고통받지 않고 보다 편안하게 살아갈 수 있는 환경을 만들기 위한 노력이 절실합니다……

폭염에 길들여진 아스팔트 위로 햇빛이 흘러내렸다. 어떤 기억이 햇빛 아래 모습을 드러내고 있었다.

너무 오래된 이야기야.

경은 고개를 저었다. 기억이 또렷하게 살아났다.

유치원에 갔다 오는 길, 경은 아파트 입구에서 동네 가게 오빠를 만났다. 자주 봐서 얼굴을 알고 있었다. 너, 참 귀엽게 생겼구나. 경을 볼 때마다 머리를 쓰다듬던 놈은 집을 향해 또박또박 계단을 올라가는 경을 옥상으로 유인한 뒤, 더러운 손을 치마 속에 넣었다. 엄마를 부르며 우는 경의 입을 틀어막고, 소리치며 우는 경의 뺨을 때렸다. 경은 눈물을 뚝뚝 흘리며 집으로 돌아와 엄마한테 일렀다. 가게로 찾아가서 혼내주라며 서럽게 울었다. 엄마가 그놈을 가만두지 않을 거야. 가게를 발칵 뒤집어버릴 테야. 그러면서도 엄마는 끝내 가지 않았다. 경을 위해 참는 거라고.

그로부터 이십 년의 세월이 흐른 어떤 여름이었다.

뉴스는 백 년 만의 폭염이 시작되었다고 떠들어댔고, 사건 사고가 끊임없이 터져 나왔다. 한 놈이 나타나면 또 다른 놈이 나타나고 점점 더 심한 놈들이 나타났다. 놈들한테 당한 소녀들은 후유증에 시달리다가 옥상으로 갔고, 누군가는 뛰어내리고, 누군가는 살아 돌아와 이야기를 했다. 엄마들은 죽은 아이의 이름을 목 놓아 부르다가 광장으로 달려가 살풀이굿을 했고, 수많은 사람이 광장으로 몰려갔다. 광장에는 무대가 세워지고 소녀들은 자신들이 당한 사고에 대해 이야기했다.

내 이놈들을 세상 사람들이 보는 앞에서 무릎을 꿇리고 용서를 빌게 해도 시원치 않을 것입니다…… 엄마들은 오열했다. 이야기를 하는 사람도, 이야기를 듣는 사람도 모두가 같은 길을 가고 있었다. 경은 지름길로 가기 위해 골목으로 접어들었다. 골목에는 사람 하나 보이지 않았다. 낮에는 숨어 있다가 밤이 되면 나오는 야행성 동물처럼 사람들은 열대야를 피해 밖으로 나왔다. 두더지. 박쥐. 부엉이. 올빼미. 여우. 오소리. 고양이. 쥐새끼. 놈들이 그런 탈을 쓰고 나타나도 이상할 것도 없을 것 같았다. 경은 얼마쯤 가다가 인기척을 느끼고 뒤를 돌아보았다. 정체를 알 수 없는 남자애들이 경의 뒤에 바싹 붙어 걷고 있었다. 십대로 보이는 껄렁한 애들이 경을 희롱하며 계속 뒤따라왔다.

야, 이년아. 이 더운데 어딜 그렇게 빨빨대고 돌아다녀? 그러다가 사고라도 당하면 어쩔래.

한 놈이 소리치자 다른 놈들이 복창했다. 경이 걸음을 빨리하자 놈들이 반으로 나뉘어 뒤에서 쫓고 앞에서 모는 형국이 되었다. 그들 중 한 놈이 친구들이 막말해서 미안하다며 우리랑 같이 밥 먹으러 가자고 경의 팔을 붙잡았다. 경의 옆자리를 서로 차지하려고 실랑이를 벌였다. 그들이 경의 주변을 에워싸고 소란을 피우자 골목에서 자던 노숙인이 부스스 깨어났다. 덩치가 커다랗고 수염이 덥수룩한 남자가 벌떡 일어나서 고함을 지르자 남자애들이 혼비백산 달아났다. 경은 그들과는 반대 방향으로 혼신의 힘을 다해 뛰었다. 편의점 앞 의자에 앉아 후들거리는 다리를 주무르고 있는데 지나가던 남자가 흐물흐물 웃으며 말했다. 힘들면 우리 저기 가서 쉬었다 갈까, 잘해줄게.

경은 골목길을 피해 큰길을 따라 걸었다. 천재지변이 일어나 대피한 것처럼 지하에는 사람들이 우글거렸다. 지하철은 기다려도 오지 않았고, 사람들의 입에서 욕설이 쏟아질 무렵 안내 방송이 흘러나왔다. 계속되는 폭염으로 선로에 문제가 발생해 삼십 분 정도 연착하겠다는 내용이었다. 이윽고, 지하철이 오자 사람들이 우르르 몰려갔다. 경은 사람들에 떠밀려 통로에 갇힌 꼴이 되었다. 땀 냄새와 향수 냄새에 고개를 돌렸지만 끈적끈적한 살들은 서로 들러붙어 꼼짝할 수 없었다. 마침내 지하철이 떠나고 정차역마다 사람들이 타고 내리느라 안간힘을 쓰고 있었다.

어디쯤에선가 자리가 났지만 경은 앉지 않았다. 한 남자가 여자들을 흘긋대고 있었다. 건너편에 앉은 여자들을 번갈아 쳐다보다가 통로를 오가는 여자들을 훑어보더니 한 무리의 소녀들이 타자 그쪽으로 시선을 돌렸다. 눈알을 데굴데굴 굴리며 자신의 귀를 만지작거리고 있었다. 무심결에 만지는 것인지 일부러 그러는 것인지 귀를 만지작거리는 짓을 멈추지 않았다. 남자의 얼굴 위로 중학교 때 담임이던 영어 선생이 겹쳐졌다.

수업 시간 내내 자신의 귀를 만지작거리던 선생. 습관이 돼서 말이야, 내가 제일 잘생긴 곳이 내 귀거든. 선생의 농담에 학생들은 아무도 웃지 않았다. 학기말고사를 앞두고 경을 교무실로 불러 시험 문제지를 미리 보여주고 답안지를 내밀던 선생. 경의 귓불을 슬그머니 만지며 시험 잘 보라고 눈을 찡긋거리던 선생. 경은 왠지 당했다는 생각에 백지를 내는 걸로 앙갚음을 했다. 며칠 뒤, 한 학생이 경을 찾아와 영어 시험에 백지를 냈냐고 물었다. 그렇다고 했더니 무슨 말을 할 듯 말 듯 머뭇대다가 그냥 돌아갔다. 그 뒤에도 몇몇 아이들이 경을 찾아왔고, 백지를 낸 애들이 속출했다. 나중에 보니 선생은 다른 학교에서도 추행을 해서 쫓겨난 인간이었다. 아무리 실력이 있다고 해도 그런 인간을 왜 학교에서 받아주냐고 학생들은 대자보를 붙였다. 선생은 퇴출당했지만 아이들의 기억 속에 고스란히 남았다. 경은 남자를 등지고 섰다가 다음 지하철역에서 내렸다. 크고 작은 건물을 지나 간판들이 즐비한 길로 들어섰다. 베이커리, 카페, 아이스크림 가게……

아이스크림 집에서 일하는 친구는 바빠서 경이 온 것도 모르고 있었다. 이제 막 교대를 했을 시간인데도 친구의 얼굴은 지친 기색이 역력했다. 사장은 친구의 옆에 서서 손님들의 주문을 받았고, 친구는 부지런히 아이스크림을 만들었다. 경은 차례가 오기를 기다렸다.

민트 아이스크림 주세요.

경의 말에 친구가 고개를 들고 쳐다보았다. 왜 왔는지 알겠다는 듯이.

경은 아이스크림을 들고 자리에 앉았다.

친구의 옆에 서 있는 사장의 얼굴을 쳐다보았다. 사장은 손님이 많아서 기쁘기도 하고, 바빠서 화가 난 것 같기도 한 종잡을 수 없는 표정을 짓고 있었다. 친구 옆에 서서 눈치를 살피는 게 무슨 꿍꿍이를 속으로 장착한 채 호시탐탐 기회를 노리는 것 같기도 했다. 경의 눈에 자꾸만 두 명의 사장이 겹쳐 보였다. 전에 일했던 매장의 사장과 지금 친구 옆에 있는 사장은 별개의 인물이었지만 자꾸만 신경이 쓰였다.

소리를 줄여놓은 텔레비전에서 세상 곳곳의 모습을 보여주고 있었다. 어느 곳에서는 폭탄이 떨어져 사람들이 죽고, 어느 곳에서는 가뭄이 들어 농작물이 말라 죽고, 어느 곳에서는 홍수가 나서 집과 가축들이 떠내려가고, 어디에서는 뱃놀이를 하고, 어디에서는 꽃이 피고, 그리고 어디에서는, 수많은 사람이 광장에 모여 있었다. 한 소녀가 자기가 당한 사고에 대해 얘기하고 있었다. 소녀의 이야기는 울먹이다가 이어지곤 했다.

마침 친구가 경의 곁으로 왔다. 경은 텔레비전 속의 소녀를 보라고 눈짓했다.

저런다고 뭐가 달라지나. 상처만 덧나지.

친구의 얼굴에 수심이 가득했다.

가만히 있으면 뭐가 달라지는데. 얘기해서 알려야지.

경이 동조의 눈빛을 보냈으나 친구는 외면했다.

알려봤자 결론은 뻔하겠지. 나 같은 사람은 밥줄이 끊기는 건 당연할 테고.

경은 친구에게 아이스크림을 내밀었다. 친구가 인상을 찌푸렸다. 아이스크림이라면 꼴도 보기 싫다고, 친구의 표정이 말해주고 있었다. 그래도 얘기를 해서 세상에 알리라고, 경은 말할 수가 없었다. 강요해서 되는 일도 아니었다. 스스로 마음을 열어야 했다.

그만 다니고 싶어도 일자리가 없어.

친구가 물집 잡힌 손바닥을 들여다보며 한숨을 쉬었다. 손님이 다시 몰려오자 친구는 제자리로 돌아갔다.

저런 이야기를 하면 부끄럽지 않을까.

옆에 앉은 남녀가 텔레비전 속의 소녀를 보며 수군거리는 소리가 들려왔다. 태초에 아담과 이브가 있었는데 선악과를 따먹고 부끄러움을 알았다는데.

남자애의 목소리가 자못 심각했다.

그건 다른 얘기지. 빙신아. 여자애가 쏘아붙였다.

얼른 먹어. 아이스크림 녹아.

둘은 아이스크림을 먹느라고 잠잠해졌다.

소녀의 이야기는 텔레비전 속으로 금세 사라져버리고 뉴스가 흘러나왔다. 폭염으로 도로가 갈라지고, 전철 선로가 휘고, 온열 환자가 늘어나고, 자연발화로 추정되는 대형 화재가 발생해 불길을 잡던 소방관이 탈진 증상으로 병원에 옮겨졌다는 자막이 떴다. 친구는 바빠서 자리를 비울 틈이 없어 보였다. 공무원 시험을 공부하며 고시원에 살고 있는 친구에게 아르바이트를 그만두라고 말할 수는 없었다. 게다가 엄마가 작년에 돌아가시기까지 했으니 얼마나 힘들까. 시원한 곳에서 좀 더 있다 가라는 친구의 말을 뒤로하고 매장을 나왔다.

경은 광장까지 걸어가기로 했다. 지하철 안에서 사람들

과 부대끼는 것도, 남자들이 여자들을 빤히 쳐다보는 것도 싫어서 걸었다. 어디선가 뜨거운 바람이 불어와 열기를 부추기고 있었다. 경은 푹푹 찌는 길을 더운지도 모르고 걸었다. 마음속에 해야 할 이야기가 가득 차 있었기 때문이었다. 오래전부터 알고 있었던 이야기. 우리 모두가 쉬쉬했던 이야기. 이제는 이야기해야 할 때가 온 것이다.

이야기를 해서 세상에 알려야 해. 온 세상 사람들이 알도록 해야 해.

맨 처음 그 말을 한 것은 친구였다. 한 사람한테 여러 명이 당해서 세상에 알려진 거라고, 이게 그렇게 시작된 현상이라고. 친구가 했던 말이 떠올랐다.

말도 안 돼. 어떻게 그럴 수가 있어?

경은 믿기지가 않았다.

거봐. 당한 사람도 안 믿는데 누가 믿겠냐고.

한밤중에 찾아온 친구는 뜨거운 덩어리가 목구멍에 걸려 있는 것 같다며 컥컥거렸다. 폭염이 시작되면서 아이스크림 가게는 손님들이 줄을 섰다. 친구는 아이스크림을 푸느라고 손바닥에 물집이 잡혔다. 사장은 수고한다며 친구를 다독였다. 앞치마 끈이 풀렸다고 묶어주기도 했고, 머릿수건 밖으로 비집고 내려온 머리카락을 넣어 주기도 했다.

그때까지만 해도 경은 친구가 좋은 사장을 만나서 다행이라고 생각했다.

그런 사장에게 보답하기 위해 친구는 밥 먹으러 갈 시간도 아껴가며 일을 했다. 음식을 시켜 매장 주방에서 먹을 때도 있었다. 어쩌다가 음식을 남기기라도 하면 사장은 싹싹 먹어치웠다. 친구가 놀라면 같은 식구나 마찬가진데 뭘 그러냐며 허허 웃었다. 그 말을 들었을 때 경은 좀 이상한 생각이 들었지만 긍정적으로 받아들이기로 했다. 그만큼 허물없이 대하는 거겠지.

그러던 어느 날, 손님이 다 돌아가고 설거지를 하고 문단속까지 마친 친구가 퇴근하려고 하자 사장이 불러 세웠다. 요즘 손님이 많아서 고생한다며 야근수당 외에 따로 돈 봉투를 건네주었다.

그때 알아봤어야 했는데 그걸 몰랐던 내가 바보지.

친구는 자책했다.

사장은 새로 출시할 아이스크림이라며 먹고 나서 시식 소감을 말해달라고 했다. 유리컵에 각종 아이스크림이

방울방울 섞여 있는 모습이 무척 아름다웠다. 아이스크림을 떠먹던 친구는 눈꺼풀이 무거워졌다.

너무 피곤해서 그런가 보다, 했지.

친구는 탁자에 머리를 기댔다가 그만 잠들어버리고 말았다.

거기까지 말하고는 더 이상 말하고 싶지 않다고 했다.

그런 이야기를 누구한테 하겠어. 모두에게 손가락질당할 텐데. 우리 엄마가 살아 있다면 니가 처신을 어떻게 했기에 그런 일이 생겼냐고 오히려 나를 비난할 텐데. 무엇보다 힘든 것은 아무것도 모르고 있던 나 자신이 바보 같다는 거야. 친구는 괴로워했다. 경은 친구의 얘기를 듣고도 이해가 되지 않았다. 어떻게 그렇게 당할 수가 있냐고. 미리 낌새도 못 느꼈냐고. 경이 물었을 때 친구는 되레 경에게 물었다.

그러는 너는?

이글이글 타오르는 햇빛을 받으며 경은 걸었다. 사람들은 시원한 은행이나 백화점 안에 몰려 있었고, 뙤약볕이 내리쬐는 거리에는 인적이 드물었다. 사거리의 정중

앙에 하수관이 터져 물이 치솟고, 분수대는 바짝 말라 있었다. 저만치 경이 다녔던 서점이 보였다. 경은 지하매장으로 들어갔다.

냉방이 잘된 서점 안에서 사람들이 책을 읽고 있었다. 베스트셀러, 여행 갈 때 읽기 좋은 책 등의 목록을 눈으로 훑었다. '책은 마음의 양식'이라는 문구는 아직도 건재했다. 양복을 입은 남자가 계산대 앞으로 오더니 직원에게 말했다. 미스 김은 우리 서점의 꽃이야. 립스틱 색깔이 그게 뭐야. 더 밝은 색으로 바르라고. 그리고 웃으라고, 웃어. 경이 서점에 다닐 때의 일들이 눈앞에 펼쳐졌다. 어느 순간 사라져버린 동료들도 생각났다.

경은 엘리베이터를 타고 옥상으로 올라갔다. 사고를 당하고 난 뒤, 자신도 모르게 하루에도 몇 번씩 서 있던 곳이었다. 걷다 보면 옥상 위에 서 있었다. 빼곡하게 들어선 건물 틈 사이로 미세먼지 가득한 하늘이 보였다. 저 수많은 건물들 속에서 얼마나 많은 사고가 일어날까.

경도 사고를 당한 뒤, 기분 나쁜 환영에 시달렸다. 자신의 몸이 높은 곳에서 뛰어내려 피투성이가 되어 바닥에 떨어져 있는 모습이 보였다. 차에 치여 피투성이가 된

몸뚱이도 보였다. 뜨거운 덩어리가 가슴에서 터져 나와 집이 떠나가라고 한밤중에 대성통곡을 해도 누구 하나 시끄럽다고 벨을 누르지 않았다.

엄마가 가만두지 않을 거야. 당장 가서 회사를 뒤집어 버릴 테야.

그러면서도 엄마는 가지 못했다. 경을 생각해서 참는 거라고.

친구는 엄마도 없이 어떻게 이 시간을 견딜까. 둘이 함께하면 힘이 날 텐데. 친구에게 전화를 할까, 문자를 보낼까, 망설였다. 친구의 말대로 상처를 건드리는 것 같아서 그만두었다. 친구는 꼭 오리라, 하고 믿어버렸다. 먼저 가 있으라는 말을 했던 것도 같았다. 친구가 오나, 걸으면서 자꾸 뒤돌아보았다. 타오르는 도로만 보일 뿐. 걷다 보면 허리가 구부러졌다. 배에서 꼬르륵 소리가 났다. 시원한 것이 먹고 싶었다. 잠깐 쉬었다 가기로 했다. 바로 앞에 보이는 식당으로 들어갔다.

점심시간이 지난 식당 안은 텔레비전 소리가 빈자리를 메우고 있었다.

계속되는 폭염으로 전국 곳곳에서 사건 사고가 속출했

습니다. 서울 지하철 1호선이 사십여 분 연착하는 일이 벌어졌는데 폭염 탓에 1호선 금천구청 역 부근에서 선로가 휘는 사고가 발생했습니다. 코레일 측은 자세한 사고 원인을 조사 중이지만……

에이, 그놈의 폭염 뉴스 지겹다, 지겨워. 카운터 앞에 앉아 있던 남자가 리모컨을 들어 채널을 바꿨다. 곧이어 화면이 바뀌고 한 여자가 인형을 앞에 두고 그때의 사고 상황을 재현하고 있었다. 카메라를 든 기자들이 몰려 있고 피디는 똑같은 질문을 반복하고 있었다.

지금 심경이 어떠십니까.

피디의 말에 여자는 울먹이며 말을 잇지 못했다.

아무리 모자이크 처리했다지만 저걸 화면에 그대로 내보내도 되는 거야? 뉘 집 딸인지는 몰라도 귀한 딸내미를 욕보여도 분수가 있지.

주인 여자가 말했다.

왜 저런 걸 방송하는 거야. 무슨 자랑이라고 나가서 떠드는 거냐고.

남자가 대꾸했다.

광장에 가봐. 놈들한테 당한 애들이 얼마나 많은지. 한 놈한테 여러 명이 당해서 터진 사건이라고 하잖아. 이게 그렇게 시작된 현상이라고.

여자의 말에 남자가 동문서답했다.

그러니까 내 말은 그런 사고를 당하지 않으려면 옷을 단정하게 입어야 한다, 이거야.

당신도 정신 차려. 여자들만 보면 뚫어지게 쳐다보지 말고. 그것도 성추행이야.

여자들이 자기 좀 봐달라고 허벅지며 배꼽을 내놓고 다니는 거 아닌가?

더워 죽겠는데 코트라도 입을까 그럼? 남녀가 옥신각신하는 사이에 텔레비전 속의 취재는 다시 뉴스로 바뀌어 있었다. 저놈의 것은 좀 보려고 하면 바뀌어 있더라고. 취재하는 척 흉내만 내고 있다니까. 여자가 투덜거렸다. 손님도 없는데 한숨 돌려야겠다. 남자가 자리를 비운 사이, 중년의 남자 손님이 들어섰다.

여기 냉면 곱빼기 하나 주세요.

음식이 나오자 뜨거운 육수를 달라던 남자가 갑자기 목청을 높이기 시작했다. 어린 여종업원이 귀여워서 엉덩이를 몇 번 두들겼는데 화를 냈다는 것이다. 주인 여자가 말렸지만 소용없었다. 안 그래도 시대가 뒤숭숭한데 지금 나를 그런 사람 취급하는 거냐고, 당장 사과하라고 기어이 여종업원을 불러냈다.

사과는 어떻게 하는가 하면, 두 손 모아 잘못했다고 진심으로 빌어야지. 정중하게, 예의 바르게. 그게 진정한 사과의 모습이지.

남자의 말에 어린 여종업원은 하염없이 눈물만 닦고 있었다. 그런 여종업원을 바라보는 남자의 두 눈이 만족한 듯 웃고 있었다. 너, 내가 누군지 알아? 대학 교수야, 교수. 말해놓고 남자가 다시 냉면을 먹기 시작했다. 여종업원을 불러 뜨거운 육수를 여러 번 주문하는 남자의 모습을 지켜보던 주인 여자가 한마디 했다.

하여간 남자들이란 늙으나 젊으나 여자 밝히는 건 똑같다니까.

남자가 고개를 번쩍 들고 지금 나 들으라고 하는 말이냐고 따져 물었다.

당장 사과하세요. 예? 사과하세요. 예?

남자가 윽박질렀다.

이봐요, 손님. 나 장사 안 해도 되니까 그만 나가세요.

지금 나한테 뭐라고 했어? 장사하는 사람 태도가 그게 뭐야?

남자가 꽥 소리를 질렀다.

돈 안 받을 테니까 나가시라고요.

여주인이 똥이 더러워서 피한다는 식으로 목소리를 낮췄다.

그것 참 잘됐네. 다 먹고 나가려던 참이었는데.

남자는 계산도 안 하고 나가버렸다. 여자가 바가지 가득 물을 떠와서 문밖으로 끼얹었다. 저런 인간은 어딜 가도 저런 짓을 할 거야, 안 봐도 뻔하지.

안 봐도 뻔하지, 경은 여자가 했던 말을 속으로 중얼거렸다.

알고 보니 경에게 몹쓸 짓을 한 놈도 다른 회사에서 똑같은 짓을 하고 온 놈이었다. 한 놈이 여러 명에게 폭력을 행사한 게 밝혀지는 순간이었다. 경은 사장에게 달려가서 이 사실을 알렸고, 사장은 놈을 퇴직 조치했다. 내가 그렇게 아이들을 건들지 말라고 신신당부했건만. 그러면서 그놈을 욕했다. 그놈이 아주 나쁜 놈이에요, 하고 사장은 경의 편을 들었다. 당신도 한통속이잖아. 그런 놈인 줄 뻔히 알면서도 고용한 거잖아. 사장의 멱살을 잡고 싶었지만 참았다. 경은 사무실에 있는 라커룸을 독립된 여성 전용 공간으로 만들어줄 것을 요구했다. 그렇지 않으면 고발할 거라고 물러서지 않았다.

서점에서 일하는 여직원들은 옷을 갈아입고, 도시락을 먹고, 남은 시간에 다리를 뻗고 앉아 있을 공간이 필요했다. 그리 많지도 않은 월급을 점심값으로 날리려는 여직원은 아무도 없었다. 그렇게 목소리를 높인 끝에 여직원들만의 공간이 만들어졌다. 사무실 한 귀퉁이를 합판으로 막고 바닥에 마루를 깔았다.

라커룸이라고 부르기에는 옹색한 공간, '용모단정'이라고 써 붙인 붉은 고딕체 글자 아래 조그만 거울이 붙어 있고, 스무 개의 사물함이 다섯 개씩 네 줄로 붙박여 있었다. 사무실과 접한 문은 안에서 잠글 수 있도록 작은 문고리를 달았다. 허술하기 짝이 없었다. 게다가 위가 뻥 뚫려 있었다. 힘센 남자가 힘주어 문을 열면 문고리가 뜯겨 나가버릴 거야. 키 큰 남자가 들여다보면 안이 다 보일 거야. 여직원들은 목소리를 낮췄다.

위가 뻥 뚫려 있는 공간은 남녀 공용의 화장실 같았다.

남자 화장실에 해당되는 곳에는 부장과 사장, 경리가 있었고, 그 너머에 여직원들이 옷을 갈아입는 공간이 있었다. 여직원들은 하루 세 번 그곳을 이용했다. 아침에 출근해서 유니폼을 갈아입을 때, 점심 먹을 때, 퇴근할 때였다. 여직원들은 목소리를 줄이고 입만 뻥긋거렸다. 밥알을 삼키면 꿀꺽, 하고 저 너머에까지 들릴 것 같아 조심조심 씹어 삼켰다.

'벼룩시장'에서 '중형 서점 직원 모집' 광고를 본 경은 면접을 봤고 일주일 뒤에 출근 통지를 받았다. 중형 서점이라고 했던 곳이 막상 와서 보니 썰렁한 대형 창고였다. 아직 공사가 끝나지 않아 용접하는 불꽃이 튀기고 쇠를 자르는 소리가 고막을 울렸다. 경은 여섯 명의 동료들과 함께 톱밥이며 쇳가루와 먼지를 피해 마대 걸레로 바닥을 닦았다. 그렇게 한 달이 지났을 때 책꽂이와 책들이 들어왔다. 아침부터 밤까지 짜장면을 시켜 먹으며 작업을 계속했다.

다 끝난 줄 알았던 작업은 경력자들이 오면서부터 다시 시작되었다. 신입 직원들은 책꽂이의 책을 빼서 전산실로 나르고, 경력자들은 책 뒤의 바코드를 찍었다. 그

책을 다시 '신입'이 날라 책꽂이에 꽂았다. 땀을 뻘뻘 흘리며 정리해놓은 책을 '고참'들이 다시 빼서 정리하는 작업이 한동안 이어졌다. 마침내 개업식이 있었고 돼지머리와 막걸리를 상에 올리고 고사를 지냈다.

부장은 경력자 한 명과 신입 직원 한 명을 한 조로 묶어 한 코너에서 같이 일하게 했다. 신입은 고참에게 일을 배우고 고참은 신입에게 일을 가르치게 할 목적이라고 했다. 부장의 말과는 달리 그 무엇을 물어도 고참들은 침묵으로 일관했고, 아예 옆에 없는 사람 취급했다. 뭘 몰라도 너무 몰라요. 고참들이 투덜거렸다. 손님들과의 소소한 마찰도 모두 신입 직원의 잘못으로 돌려졌다.

그러다가 신입들이 하나둘 사라지기 시작했다. 개업식 날 맥주 한 병을 나눠 먹었다는 이유로 시말서를 썼는데 그게 이유일까. 무엇 때문에 직원들이 사라질까. 신입 직원이 아니라 아르바이트생을 뽑아 실컷 부려먹을 심산이었을까. 중형 서점이라면서 벼룩시장에 공고를 낼 때 알아봤어야 했나. 남은 신입들은 별의별 걱정을 다 하다가 하나둘 종적을 감췄다. 마지막으로 남은 경은 불안했다. 맥주를 안 먹어서 혼자 살아남았을까. 자신도 언젠가는 사라지게 될까.

경은 뻥 뚫려 있는 위쪽을 쳐다보며 셔츠를 벗고 유니폼을 갈아입었다. 칸막이의 높이는 경의 키와 비슷했다. 키 큰 남자가 넘겨다보면 안이 보일 거야. 남자가 힘주어 밀면 문고리가 뜯겨버릴 거야. 경은 사라진 동료들이 했던 말을 떠올리며 얼른 옷을 갈아입곤 했다. 잘한다고 머리를 쓰다듬고, 힘내라고 등을 툭툭 치던 부장이 어느 날 불쑥 라커룸으로 고개를 내밀었을 때, 경은 옷을 갈아입고 있었다. 입을 옆으로 길게 늘여 미소를 보내고 혀를 날름거리며 장난을 치던 부장이 라커룸의 문을 밀고 들어왔다. 사무실엔 아무도 없었다. 부장이 바지를 내리고 엉덩이를 흔들어도 말려줄 사람 하나 없었다. 네가 싫었으면 처음부터 거부했어야지. 그렇게 빠져나갈 구멍을 파놓고 쥐새끼처럼 도망쳐버렸다.

부장님이 나만 보면 미소를 지으셔. 나도. 나도. 엉덩이가 튀어나온 남자들이 그걸 밝힌대. 사라진 동료들이 했던 말이 경의 귀에서 윙윙거렸다.

사라진 동료들도 당한 게 아닐까. 이게 한 사람한테 여러 명이 당해서 터진 사건이라고 하잖아. 이게 그렇게 시작된 거라고.

이야기를 듣고 난 친구가 말했다.

어떻게 그럴 수가 있어?

경은 반문했다. 사실 믿기지 않는 부분이 있었다. 왜 그걸 확 물어 뜯어버리지 않고 그냥 당했을까. 왜 죽기 아니면 살기로 덤벼들지 못했을까. 죽기밖에 더하겠냐고.

그게 힘으로 하는 게 아니라 지능적으로 하는 거라서 당할 수밖에 없는 거지. 이런 일은 선불리 얘기할 수도 없고 증명할 수도 없어. 이야기를 해서 세상에 알리는 게 증명하는 거라고.

맨 처음 그 말을 경에게 한 사람이 바로 친구였다는 게 밝혀지는 순간이었다.

막상 세상 사람들한테 이야기를 하려니까 용기가 나질 않아. 나는 너한테 얘기하는 걸로 증명하겠어.

친구는 울면서 이야기했다.

눈을 떴을 때 너는 주방 보조 의자에 누워 있었다. 의미심장하게 웃고 있는 사장의 얼굴이 보였다.

하도 곤하게 자서 깰 때까지 기다리고 있었지.

사장은 웃고 있었다. 너는 단추가 잘못 끼워진 블라우

스를 여미며 무슨 일이 있었던 것을 직감했다. 무슨 짓을 한 거냐고 묻기도 수치스러워 황급히 비상문으로 빠져 나왔다. 부랴부랴 집으로 와서 샤워를 하는데 욕조 안에 피가 흥건하게 고여 있고 여자가 죽어 있는 영상이 보였다. 언젠가 보았던 영화의 한 장면 같았다. 너는 들고 있던 샤워기를 팽개치고 밖으로 뛰쳐나왔다. 한강을 건너는 출근 버스 차창 너머로 강물에 빠져 허우적대는 자신을 보았다. 너는 숨이 막혀 컥컥거렸다.

너는 하루에도 몇 번이고 사장을 찾아가서 무슨 짓을 했냐고 묻고 싶었다. 말해봤자 내 얼굴에 침 뱉는 거지. 그래봤자 없던 일이 되는 것도 아니고. 어렵게 구한 직장도 잃을 게 뻔하고. 너는 시간이 갈수록 그건 현실이 아니라 영화 속에나 봤던 장면이었다고 스스로를 세뇌시켰다.

친구의 이야기를 듣고 난 나도 묻어둔 나의 이야기를 하게 되었다. 우리는 서로에게 이야기를 하며 그런 일이 있었다고 증명하고 있었다.

서점 사장은 비상회의를 열어 새로 라커룸을 만들고, 경에게 상담소를 지정해주었다. 상담사는 에이포 용지에 '구덩이에 빠진 사람' 전문을 프린트해서 건네주었다. 구덩이에 빠진 사람이 나가려고 애를 쓰면 쓸수록 구덩이는 깊어진다는 내용이었다.

'그러니 가만히 있으라는 말인가.'

내가 할 수 있는 일은 이야기를 하는 것뿐이었다. 상담사는 말없이 들어주었다.

우리의 약점은 친절에 약한 거예요. 우리의 어떤 결핍이 우리를 그렇게 나약하게 만들었을까 진지하게 생각해봐야 할 것 같아요.

저의 엄마는 이런 이야기를 아무에게도 말하면 안 된다고 했어요. 그냥 가만히 있으라고 했어요. 시간이 가면 다 해결된다고요.

엄마에게도 상처가 있을 수도 있으니까요.

너를 위해 참는 거란다.

그렇게 말하는 엄마가 원망스러웠다. 내가 엄마라면 가만히 있지 않을 텐데. 그놈을 찾아가서 죽여버렸을 텐데. 엄마는 내 엄마가 아니야, 하고 울었다.

처음에는 그놈에 대한 분노가 치밀어 올랐다. 시간이 지나면서 자신도 뭔가 그놈에게 원하는 게 있었다는 생각을 하게 되었다. 그놈에게 잘 보여서 서점을 계속 다니고 싶은 마음도 있었다. 때로 자신에게 따뜻하게 대해주는 게 싫지는 않았으며, 그리하여 자신도 그놈이 그럴 수 있도록 원인 제공을 하지 않았을까. 그런 자신을 용서할 수 없었다. 그러자 그놈에게 향했던 분노가 자신에게 쏟아졌다. 자신에 대한 분노로 밤잠을 설쳤다. 왜 그놈이 따뜻하게 대해주는 게 좋았을까. 아니, 좋다기보다는 싫지 않았을까. 어린 시절, 아빠 없이 자란 경은 늘 아빠의 정을 그리워하면서 자랐다.

그래서 그랬을까.

나중에 엄마와 그런 이야기를 나누게 되었다. 알고 보니 엄마에게도 어린 시절의 상처가 있다는 걸 알게 되었다.

내가 너를 낳으려고 대학병원 분만실 앞에서 대기하고 있을 때, 지나가는 의사들이 주먹만 한 손을 아랫도리에 쓱 집어넣고 가곤 해서 숨이 턱턱 막혀서 죽을 것 같더라고. 내 귀한 아기를 그렇게 함부로 대하는 것이 싫어서 집에 가서 혼자 낳은 아인데, 내 소중한 딸이 이렇게 상처를 받다니 억장이 무너진다.

엄마는 경을 껴안고 울었다.

진작 말해주지 왜 이제야 말해. 진작 말해주지.

경은 엄마를 안고 울었다. 엄마의 품에 안겨 어린아이처럼 울었다.

광장 입구에서는 가스 검침원과 택배 기사들이 생존권을 보장해달라고 시위를 하고 있었다. 뜨겁게 달구어진 땅바닥에 엎드려 오체투지를 하는 사람들도 보였다. 군데군데 모인 단체마다 아직 규명이 되지 않은 사안에 대해 서명을 받고 있었고, 복직을 요구하며 흔드는 깃발이 물결처럼 출렁였다.

경은 광장 안으로 들어갔다. 무대 한쪽에 기자들이 몰려 있고 경쟁을 하듯 인터뷰가 이어지고 있었다. 텔레비전에서 보았던 낯익은 얼굴들이 기자들의 질문에 응답하고 있었다.

인정 못하죠. 자기 얘기는 축소하고 남의 얘기만 부각시킨다니까요.

범죄자들은 고개를 빳빳이 들고 부인했다. 그걸 지켜보던 사람들이 이구동성으로 말했다. 어쩌면 다들 저렇게 뻔뻔할까요. 적반하장도 유분수지. 그러게 말이에요. 이름을 대면 알 만한 사람들이 그런 몹쓸 짓을 하다니.

점잖은 척 학식 있는 척하더니 짐승만도 못한 인간들, 얼굴을 공개하라!

상습범의 얼굴을 보려고 사람들이 무대 가까이 몰려들었다.

한쪽에서는 교복을 입은 학생이 이야기를 하다 말고 울먹이고 있었다. 무대 아래 있던 학생들이 울지 말라고 외치자 학생은 다시 용기를 내어 이야기했다. 모두 심각한 표정으로 듣고 있었다.

범죄자들은 상대가 약하고 순진한 것을 약점으로 삼아 몹쓸 짓을 했고, 정체가 탄로 날까 봐 도망칠 구멍을 파 놓는 것도 잊지 않았다. 생각해주는 척, 위해주는 척, 가까이 다가가서 호시탐탐 기회를 엿보다가 순식간에 사고를 치고 어디론가 숨어버렸다. 놈들에게 당한 소녀들은 후유증을 겪으며 죽었다가 다시 살아난 이야기를 하고 있었다.

우리는 가만히 있지 않을 것이다! 우리는 뭐든지 할 것이다!

이야기가 계속될수록 학생들은 하나로 뭉쳤다.

이건 질병이야, 질병. 미증유의 질병.

그런 특이한 인간들이 그런 쪽으로 계속 진화해서 좀비가 되는 거야. 당연해. 죽을 짓을 한 거니까. 모두 조심해.

난 이번 일을 통해서 인간의 존재에 대해 다시 생각하게 됐어. 지구 밖에서 지구를 보면 어떻게 보일까?

어린 왕자가 슬퍼하겠지.

하늘도 슬픈지 폭우가 쏟아졌다.

태풍이 한반도를 천천히 훑고 지나갔습니다. 제주에 접근한 태풍은 태안반도 부근에 상륙할 것으로 예상됐는데 방향을 바꿔 부산에서 동해로 빠져나갔습니다. 태풍에 간판이 떨어지고 지붕의 기와가 날아갔습니다. 바람은 열차를 넘어뜨리고 작은 돌이 날아다니고 집이 무너졌습니다. 엄청난 강풍이 몰려왔습니다. 가로수가 뿌리째 뽑히고 경기장 천막 지붕이 날아가는 등 심각한 피해를 입혔습니다. 태풍 솔릭은 곤파스와 달리 육지에 머무는 시간이 긴데다 태풍의 힘도 훨씬 강력했습니다. 곤파스는 빨리 지나가면서 피해가 적었지만, 솔릭은 엄청난 비를 쏟아부었습니다…… 현장에서 뉴스를 전하는 앵커마저 바람에 날아갈 것 같았다.

태풍에 무대가 사라지고 인터뷰도 끊겼다. 경쟁하듯

카메라를 들이대던 기자들도 보이지 않았다. 사람들은 광장으로 나가 부서진 잔해를 치우고 다시 기둥을 세웠다. 다시 무대가 세워지자 이를 방해하듯 또다시 태풍이 불었다. 잦은 태풍은 덥고 건조한 바람을 일으켜 뜨거운 수증기를 불러들였다. 한낮의 더위는 열대야로 이어졌고 하늘은 아무 일도 없었다는 듯이 높고 푸르렀다.

구름이 되어 다시

미는 회색 도시 정원 벤치에서 죽은 개의 구름을 보고 있었다. 언젠가 미가 키웠던 개와 똑같이 생긴 구름이 하늘 한가운데 떠 있었다. 흰색과 검은색 털이 섞인 길쭉한 얼굴과 세모로 접힌 귀의 모습도 그린 듯이 닮았다. 다음 날도, 그다음 날도 죽은 개의 구름은 흘러가지도 않은 채 그 자리를 지키고 있었다. 앞발을 얌전하게 모으고 앉아 미를 가만히 바라보고 있었다. 예전에 미가 키우다가 은하에게 주었던 개. 개를 산책시키는 여자아이가 미의 옆으로 지나갔다. 마스크를 썼는데도 은하를 닮은 것 같았다.

미와 은하는 전화기 속에서 만났다. 은하는 개랑 놀다가 지치면 미에게 전화했다. 내가 자기보다 개를 더 좋아한다고 남자 친구가 뿔났어. 어떻게 생각해? 하고 물었다. 둘이 알아서 잘 놀아라. 전화를 끊은 지 얼마 되지 않아 다시 은하가 전화했다. 생각해봤는데 말이야, 하고 조금 전에 했던 말을 되풀이하기 시작했다. 은하에게 언제까지 그렇게 되새김질할 거냐고 물었다. 전생에 소였냐고.

소가 아니라 개였겠지. 그러니까 내가 개를 좋아하잖아.

은하는 개 얘기만 하면 할 말에 쫓기는 사람처럼 말이 빨라졌다. 하고 싶은 말이 너무 많아서 말들끼리 서로 엉키기도 했다. 미는 천천히, 하고 말의 가닥을 잡아주었다. 이제 할 말 다 했지, 하고 나면 금세 또 말할 게 생겼다고 전화했다.

개 얘기 좀 그만해.

미가 말렸지만 은하는 이미 시작했다. 그 개는 엄마와 함께 시장도 다녔다. 엄마가 아프면 약국에 가서 약도 사왔다. 엄마와 은하가 싸우면 싸움을 말렸다. 한마디로 사람보다 백배 나았다. 그 개를 아직도 잊지 못한다. 다시는 개를 키우지 않을 것이다.

은하의 말을 듣다 보면 두세 시간이 훌쩍 지나가버렸다. 나도 개 키우고 싶지만 남편이 싫어해서 못 키우잖아. 은하의 말에 말려들어 미까지 개에 대해 말하다가 날밤을 새우고 말았다.

그러니까 우리가 개띠잖아.

스무 살 은하는 자기보다 열두 살 위인 미를 친구처럼 대했다. 미가 예전에 혜성에게 그랬듯이.

그러던 어느 날, 은하가 엄마의 임종을 못 봤다고 울먹거렸다. 미와 새벽까지 전화하느라 병원에서 온 연락을 받지 못했다. 전화를 끊고 가보니 그때는 이미 늦었다.

엄마 생각이 나서 먹지도 못하는 술을 먹었어. 술 먹고 토한 것을 남자 친구가 다 치워줬어. 죽도 끓여주고 청소도 해주고 갔어.

한동안 그런 말을 반복하다가 나중에는 남자 친구도 떠났다고 했다. 너도 가고 싶으면 가, 했더니 정말로 떠나버렸다고. 이제 남은 사람은 미밖에 없다. 미는 떠나면 안 된다고, 미가 떠나면 죽여버리겠다고 했다. 죽어버리겠다는 말을 미가 잘못 들은 것일 수도 있었다.

미는 전화를 받는 대신 은하가 남겨놓은 메시지 녹음

을 들었다.

왜 전화 안 받는 거야. 일부러 안 받는 거지. 누가 모를 줄 알고. 빨리 전화 받아.

은하의 목소리로 메시지가 넘쳐났다. 어느 순간, 미는 혜성을 떠올렸다. 미가 혜성한테 하고 싶었던 말을 은하가 대신해주고 있었다. 그때의 미처럼 은하의 전화는 계속되었다. 혜성이 전화를 안 받던 것처럼 미도 은하의 전화를 받을 수 없었다.

은하의 전화가 빗발치던 때, 미는 예전부터 꿈꿔왔던 일을 새로 꿈꾸기 시작했다. 아이들도 제 손으로 밥을 차려 먹고 학교에 갈 수 있는 나이가 되었다. 미도 일자리를 구해서 돈을 벌어야 했다. 은하가 엄마의 임종을 못 봤다고 징징거리던 날, 미는 엄마 생각이 나서 보러 갔었다. 팔순이 넘도록 아버지한테 간섭받는 엄마를 보며 결심했다. 늙어서까지 유의 그늘 아래 있지 않으려면 지금부터 독립할 준비를 해야 했다.

은하야, 내가 지금 사정이 있어서 그러니까 나중에 전화할게.

혜성이 예전에 미에게 그랬듯이 부드럽게 말했다.

무슨 일 있어?

미는 일일이 말하기가 구차해서 몸이 안 좋다고 둘러댔다.

이제 좀 괜찮아? 전화 좀 받아봐. 많이 아픈 거야? 전화 좀 받아라. 걱정되잖아.

은하의 목소리가 하루 종일 귀에서 쟁쟁거렸다.

전화기가 끊임없이 울리던 어느 날, 미는 용산전자상가에 가서 네온 전화기를 사 왔다. 투명해서 속이 다 들여다보이는 전화기는 붉은 전선이 실핏줄처럼 얽혀 있었다. 창자처럼 생긴 네온등도 보였다. 전화벨이 안 들리는 전화기를 찾자 가게 직원이 어렵게 구해주었다. 이거 만든 사람도 엄청 전화벨 소리가 거슬렸나 봐요, 하고 직원이 말했다. 미는 직원이 부르는 값을 한 푼도 깎지 않고 샀다.

그날은 아침부터 은하와 전화로 싸운 날이었다.

너 또 하루 종일 전화했지.

그럼 해야지. 전화를 안 받는데.

야, 김은하! 미가 소리치면 은하는 더 크게 고함을 질렀다.

왜! 뭐! 전화도 안 받는 주제에 할 말 있어? 일부러 안 받는 거 내가 모를 줄 알고?

미가 한마디 하면 은하는 열 마디 했다.

사람이 뭐 그래? 이기주의자야. 내 전화는 받지 않더니 자기가 필요하니까 전화하네.

미는 그냥 들어주었다.

새로 산 네온 전화기는 벨소리 대신 네온등이 요란하게 깜박거려서 정신이 사나웠다. 거실에 두었더니 유가 전화 좀 받으라고 투덜거렸다. 전화는 은하한테만 오는 게 아니라서 전화 코드를 뽑을 수도 없었다. 은하는 전화할 데가 미밖에 없어서 핸드폰이 필요치 않다고 했고, 미는 유의 의심 때문에 어쩔 수 없었다.

핸드폰 갖고 다니는 여자들은 전부 다 바람이 난 거야. 자기 남편 몰래 다른 남자한테 전화하려고 갖고 다니는 거라고.

유의 말에 미는 헛웃음이 나왔다. 두고 보자, 하고 벼르고 있었다. 벼르다가 시간은 흘러가고 나이만 먹고 있었다.

미는 설거지라면 자신이 있었다. 스무 살에 결혼해서

살림을 한 지 십 년이 넘었다. 직원을 구한다는 전단지를 보고 식당에 갔다가 뜻밖의 말을 들었다. 식당의 설거지는 주방의 경력자들이 하는 것이고, 초보자가 할 수 있는 일은 홀에서 서빙을 하는 거라고 했다. 그런데 몸이 그렇게 약해서 어떻게 일을 하겠냐며 사장이 고개를 저었다. 다른 식당에서는 기왕에 왔으니 밥이나 먹고 가라는 사장이 있는가 하면 자기랑 데이트나 하자는 사장도 있었다.

일자리를 알아보는 동안 은하의 전화도 끊겨 있었다.

한동안 뜸했던 은하가 전화했다.

미가 전화를 안 받아서 외로워서 개 키우고 있어.

그러면서 처음에는 한 마리였다가 일곱 마리로 불어났다고 한숨을 쉬었다. 개들이 짖는 소리에 민원이 들어와서 이사를 가야 한다며 전화를 끊었다. 끊자마자 다시 전화해서 도그 사이트를 알려주며 보라고 했다. 은하의 개가 나온다고 했지만 미는 볼 시간이 없었다.

그러다가 개가 마흔 마리도 넘게 늘었다며 강화도로 이사를 간다고 알려왔다. 개를 키우려면 바다보다는 산이 좋지 않나, 했더니 금방이라도 미의 동네로 이사 올 것처럼 굴었다. 미의 집이 산 아래에 있으니 그쪽으로 이사 갈 수 있도록 알아봐달라고 몇 번이나 전화했다. 미는 부동산에 전화해서 직접 알아보라고 일러주었다. 그 뒤로 몇 번인가 은하한테 온 전화를 받지 못했다. 전화를 받을 상황이 아니었다.

식당 일을 막 시작한 무렵, 미는 일이 끝나면 엄마한테 전화해서 힘들어 죽겠다고 푸념했다. 석 달 정도 지나자 홀 서빙을 하는 것도 남자들이 주는 팁을 받는 것도 익숙해졌다.

미가 날마다 하던 전화를 안 해서 마음을 놓았는지 엄마는 편안하게 눈을 감았다. 갑자기 엄마를 잃은 아버지는 어린아이가 돼버렸다. 방금 엄마 왔다 갔어. 아버지가 하는 유일한 말이었다. 식당 일을 그만두고 집을 오가며 아버지를 돌봤다. 치매기가 깊어진 아버지는 요양병원으로 옮긴 지 일 년 만에 엄마를 따라가버렸다.

그사이에도 은하의 전화는 끊겼다가 계속되었다.

아는 사람한테 보증을 서줬다가 집을 날렸어. 우리 엄마가 남긴 유일한 재산인데. 사람을 믿은 게 잘못이지. 나 요즘 먹지도 자지도 못해.

그러면서도 은하는 개들을 걱정했다.

딱 키울 개 한두 마리만 두고 입양을 보내는 건 어때?

미의 말에 은하는 아무 말도 하지 않았다.

어느 폐쇄된 곳에서 은하가 개들한테 파묻혀서 허덕이고 있을 것 같았다. 미가 집으로 가겠다고 해도, 밖에서 보자고 해도 은하는 싫다고 했다. 보면 실망할 거라고. 무슨 연애하는 것도 아니고. 미의 말에 은하가 오랜만에 웃었다. 미는 은하의 상황을 직접 보고 싶었지만 은하가 말리는 바람에 어쩔 수 없었다.

은하에게서 다시 전화가 왔다. 뜬금없이 도그 쇼를 보러 오라고 했다. 다른 사람들은 지인들이 다 오는데 은하는 혼자라고, 꼭 올 거지, 하고 다짐을 받았다. 그렇게 만나자고 해도 거절하던 은하가 막상 만나자고 하니 두슨 일이 일어날 것 같았다.

혜성의 나이 때 미는 은하를 만났다. 스무 살 은하는 미를 번동의 오래된 골목으로 돌아가게 했다. 차 한 대가 들어설 수 있는 좁은 골목을 사이에 두고 집들이 마주 보고 있었다. 혜성의 집은 골목 끝에 있는 공터 옆이었다.

그리 넓지 않은 공터는 겨울에만 스케이트장으로 변신해서 방학을 맞은 아이들의 놀이터가 되었다.

이상하게도 동네 아이들은 미의 방 담벼락에 붙어서 놀았다. 아기가 자고 있으니 저만치 가서 놀라고 해도 소용없었다. 악머구리 같은 아이들에게 저리 가서 놀라고 소리쳐서 그런지 미의 상냥했던 목소리가 점점 두껍고 높아졌다. 한번은 유가 세숫대야에 물을 가득 담아서 골목을 향해 뿌렸다. 순식간에 아이들이 흩어졌다. 그 뒤로는 미도 아이들에게 소리치는 대신 물을 뿌렸다.

골목에서 아기를 업고 재우는데 혜성이 자기 집에 가서 점심을 먹자고 했다. 반지하방에 사는 혜성은 미가 그곳을 좋아해서 자주 부르곤 했다. 골목에 붙어 있는 미의 단칸 셋방보다는 혜성의 반지하방이 조용하고 아늑했다.

혜성은 아기가 깰까 봐 발소리를 죽여 계단을 내려왔다. 소리 나지 않게 문을 열고 조심스럽게 아기를 받아 눕혔다. 목소리를 한껏 낮춰 소곤소곤 말하면서 국수를 삶고 양념장을 만들었다.

방의 벽면에는 책과 디비디, 시디가 가득 꽂혀 있었다. 이름난 세계문학 작품부터 영화, 음악까지 종류가 다양

했다.

「결혼 이야기」 봤어요?

미의 물음에 혜성이 고개를 끄덕였다.

그 영화 보면서 얼마나 울었는지 몰라.

혜성의 눈가가 촉촉해졌다. 서로 사랑해서 결혼한 부부가 서로 미워하면서 헤어지는 영화였다. 부부 사이에 아이가 있어서 더 불행했다. 혜성은 그 영화에서 부부 싸움하는 장면에 대해 말했다. 감독이 배우들에게 대본을 안 주고 그냥 싸워보라고 했다는 일화였다. 결과는 리얼했다고.

둘이서 부부 싸움에 대해 얘기하고 있는데 갑자기 혜성의 남편이 들어왔다. 급히 갈 데가 있어서 옷을 갈아입으러 왔다고 했다. 혜성의 얼굴에 당황한 빛이 역력했다. 미는 얼른 집으로 왔다.

골목이 하도 시끄러워서 유모차를 끌고 나왔다. 유의 퇴근 시간이 다가와 버스 정류장으로 갔다. 몇 대의 버스가 지나가고 유가 버스에서 내렸다. 미는 반가워서 손을 흔들었다. 뭐 하러 나왔어, 유가 퉁명스럽게 말하고 앞서 걸었다. 구부정한 어깨를 보니 회사에서 안 좋은 일이 있었던 모양이었다. 사장이 바뀌어서 직원들을 들들 볶는다고 했다. 유가 회사 다니기 힘들다고 할 때마다 미는 바늘방석에 앉은 것 같았다.

집에 먼저 도착한 유는 텔레비전을 보고 있었다. 텔레비전에서 펭귄에 대한 다큐멘터리를 방영하고 있었다. 펭귄들이 겹겹이 몸을 기대고 서로의 체온으로 혹독한 추위를 견디고 있었다. 어린 새끼들을 빙 둘러싸고 바람을 막아주었다. 미는 눈시울이 뜨거워졌다. 어떤 펭귄들은 무슨 이유인지는 모르지만 집단으로 바다에 빠져 자살을 감행하고 있었다. 미의 눈에서 눈물이 뚝뚝 떨어졌다. 유는 바다를 향해 달려가는 펭귄들의 뒤뚱거리는 모습을 손가락으로 가리키며 배를 잡고 웃었다.

빨래를 하려고 유의 주머니를 뒤지는데 담뱃갑이 툭 떨어졌다. 이게 대체 뭐기에 그렇게 피워댈까. 미는 담뱃불을 붙여 피워보았다. 목구멍이 찢어질 듯이 아프면서 사레들린 것처럼 기침이 나왔다. 미가 콜록거리는 소리에 집주인 여자가 살짝 열어둔 창문 틈으로 들여다보았다. 새댁, 지금 뭐 하는 거야? 주인 여자가 소리치는 바람에 들고 있던 담배가 떨어지며 장판에 눌어붙었다. 입이 가벼운 주인 여자가 이 일을 유에게 알린 모양이었다. 유의 주먹이 날아들었다. 혜성에게 가서 말했더니 당장 이혼하라고 했다. 아니, 이건 혜성이 한번 해본 소리였을 것이다. 혜성이 이혼이란 말을 그렇게 쉽게 할 리가 없었다. 멍든 등짝이며 어깨를 보여주었더니 혜성이 냉찜질을 해주고 파스를 붙여주었다.

차 한 대가 골목으로 들어와서 미의 앞에 멈췄다. 차 문에 '이동도서관'이라는 현수막이 붙어 있었다. 차 안에 책꽂이 가득 책이 꽂혀 있었다. 담당자는 책을 빌려갔다가 이 주일 후에 다시 돌려주면 된다고 했다.

미는 아기가 잠잘 때 책을 읽었다. 책장 넘기는 소리에 아기가 깨서 칭얼거렸다. 내일 회사 가는데 잠 좀 자자고 유가 투덜거렸다. 미는 얼른 머리맡의 스탠드를 껐다. 방금 읽었던 책 내용을 떠올렸다. 두 개의 물체가 있다. 한 물체가 상대를 방해하면 방해받은 물체는 자연스럽게 다른 행성의 주변을 돈다. 그래서 미는 혜성의 주변을 맴도는 것이었다.

혜성과 미는 서로에게 빌려주고 싶은 책을 먼저 읽었

다. 서로에게 들려주기 위해 음악을 골라 들었다. 누가 먼저랄 것도 없이 서로 책을 바꿔보고 전화기로 음악을 들려주곤 했다. 「G 선상의 아리아」. 혜성을 닮은 음악이었다. 가녀린 몸에 어딘지 그늘진 얼굴을 하고 있던 여자.

한번은 같이 목욕을 갔다. 혜성이 미의 가슴을 보며 예쁘다고 했다. 미는 부끄러워서 얼른 가렸다. 나도 예전에는 가슴이 예쁘다는 말을 많이 들었는데, 하고 혜성이 나지막이 말했다. 지금도 예쁘다며 미가 혜성의 가슴을 살짝 만졌다. 그러자 혜성이 미에게 물을 뿌렸다. 서로 물을 뿌리며 장난을 쳤다. 혜성과 함께하면 모든 게 좋았다. 혜성의 집에서 음악을 듣거나 영화를 보면 시간 가는 줄 몰랐다.

언젠가 혜성이 물었다. 영화에서처럼 이 세상에 남편을 사랑하는 여자가 있다면 어떻게 할 거냐고. 미는 대답 대신 유의 흉을 보았다. 혜성은 남편을 미워하지 않게 해주세요, 하고 기도를 한다고 했다. 미는 기도 대신 상상을 했다. 나는 화락천에서 태어났고, 유는 옥황상제가 보낸 감시자라고. 그 말을 했더니 혜성이 웃었다. 미는 어쩐지 쓸쓸해 보이는 혜성이 웃는 게 좋았다. 혜성이 웃을 때는 쌍꺼풀 없는 눈이 실눈이 되면서 행복해 보였다.

며칠 동안 혜성이 전화를 받지 않아서 집으로 갔다. 혜성은 스웨터에 수를 놓고 있었다. 백화점에 납품해서 돈을 번다면서 미에게도 해보라고 했다.

한 달 하면 십만 원 정도 벌어. 그 돈으로 책도 사고 시디도 사면 좋잖아.

수틀에 시선을 고정한 채 혜성이 말했다. 미가 왔는데도 수틀만 보고 있었다. 말없이 수만 놓고 있었다. 미는 슬그머니 일어서서 반지하방을 빠져나왔다. 집으로 오는 내내 검정색 스웨터에 수놓아진 파란 새가 골목을 날아다녔다.

미는 왠지 마음이 울적했다. 별일이 아닌데도 유와 입씨름을 했다. 유는 삐쳐서 돌아누웠다. 미는 마트에 가서 맥주 한 병을 사 왔다. 이거 먹고 화 풀어. 그럴수록 유는 몸을 둥그렇게 말았다. 김빠진 맥주는 미의 차지였다. 이런 씁쓸하고 누런 액체가 뭐가 좋다고 유는 밤마다 먹고 와서 토해대는지 이해할 수 없었다. 토할 거면 먹지나 말든가. 먹는 것도 부실한데 토하기까지 하니 영양가가 다 빠질 게 아닌가.

유가 술 먹고 토할 때마다 미는 세숫대야에 그것을 받아서 주인집 화장실에 버려야 했다. 새댁 오줌 누는 소리가 자기 집 안방까지 들린다는 집주인 여자의 말이 생각나서 오줌 누고 물을 내리기도 눈치가 보였다. 그래서 낮에는 공터에 있는 간이화장실을 사용했지만 밤에는 무서워서 갈 수 없었다. 나중에는 집주인 여자가 토한 것을 밖에 버렸으면 해서 하는 수 없이 공터의 간이화장실로 갔다.

공터에서 혜성이 울고 있는 것을 보았다. 미는 혜성이 볼까 봐 몰래 그 자리를 빠져나왔다. 그 뒤 집주인 여자가 뭐라고 해도 공터에는 가지 않았다. 혜성이 우는 모습을 보게 될까 봐. 이 세상에 남편을 사랑하는 여자가 있다면 미는 어떻게 할 거야, 하고 묻던 게 생각났다. 남편을 미워하지 않게 해주세요, 하고 기도를 한다던 말도 떠올랐다.

언제부턴가 혜성은 미의 전화를 받으면 서둘러 끊었다. 남편과 통화를 해야 한다고. 남편을 만나러 나가야 한다고. 무슨 일이 있냐고 묻고 싶었지만 왠지 물으면 안 될 것 같았다. 어쩌면 남편은 핑계이고 수를 놓기 위해 그럴 수도 있었다. 미도 전화하는 것을 자제하고 집에도 가지 않았다. 한참 동안 연락이 없던 혜성이 당분간 친정에 내려가 있겠다고 했다. 혜성이 없으니 골목이 텅 빈 것 같았다.

유는 퇴근해서 돌아오면 방에서 담배 냄새가 난다고 의심했다. 술 냄새도 난다고 했다. 혜성의 집에 갔다 오면 다른 데 간 거 아니냐고 물었다. 책을 왜 보냐고, 음악을 왜 듣느냐고 간섭했다. 미는 살며시 부엌문을 열고 나왔다. 어두컴컴한 골목에 서서 하늘을 바라보았다.

어디론가 멀리 떠나고 싶었다. 그곳이 어딘지는 모르지만 여기만 아니면 될 것 같았다. 언젠가는 이 혼란스러움을 잠재우고 미가 있어야 할 곳으로 가게 되기를 바랐다. 꿈속에서도 정체불명의 사람들이 나타나서 미를 위협했다. 도깨비방망이를 휘두르며 입에서 불을 뿜었다. 화락천에서 미를 괴롭히던 유령들이 아닌가도 싶었다. 어디로 떠날 생각하지 말고 현실에 충실하라는 옥황상제의 메시지인가. 그런 바보 같은 생각이나 하면서 살다 보니 어느덧 임신을 하게 되었다.

배가 점점 불러왔다. 임신했다고 누워만 있으면 애기

낳기 힘드니까 평소처럼 화장실 청소도 하고 계단 청소도 하라고 주인 여자는 일러주었다. 잠든 여자가 깨지 않게 조심하며 청소를 했다. 변기통도 반짝반짝 닦아놓았다. 유가 바쁘다며 미에게 이사할 집을 구하라고 했다. 방 두 칸짜리 아파트를 구하고 왔더니 유가 걱정했다. 전세 계약금을 떼인 것 같다고 자꾸 말해서 미도 걱정이 되었다. 뜬눈으로 밤을 새우고 부동산에 갔다. 부동산 사장은 오히려 유를 걱정하는 눈치였다. 임신 8개월째, 번동에서 강동으로 이사를 했다. 혜성을 못 보고 온 게 마음에 걸렸다.

한 층에 두 집이 사는 계단식 아파트는 조용해서 좋았다. 오층 꼭대기라서 더 좋았다. 미가 갓난아기에게 젖을 먹이면 작은방에 가서 훌쩍이던 딸아이가 놀이터로 놀러 가기 시작했다. 머리를 제대로 묶어주지 못했는데 돌아올 때 보니 깔끔하게 묶여 있었다. 양 갈래로 땋고 올린 머리를 했다. 일층 아줌마가 묶어줬어. 예쁘지? 아이가 신이 나서 말했다. 며칠 후, 일층 여자가 전화를 했다. 비가 와서 고등어조림을 했으니 먹으러 오라고. 아기 때문에 못 간다고 했더니 업고 오라고 했다.

문을 열자 아기를 업은 엄마들 대여섯 명이 기다란 탁자에 둘러앉아 있었다. 그네들은 고등어조림에 술을 마시고 있었다. 누군가 미에게 술을 가득 채워주었다. 미는 그때 처음으로 소주라는 걸 먹어보았다. 몇 잔 받아 마신 뒤 그대로 쓰러져 정신을 잃었다. 눈을 떠보니 집 천장과 잔뜩 화가 난 유가 보였다. 일층에서 오층까지 업고 왔다며 술 먹고 토한 옷을 갈아입혔더니 고마워하기는커녕 욕을 했다고 했다. 유의 말에 기억을 더듬어보았지만 머릿속이 캄캄했다. 다시 잠들었는데 자고 있는 미의 옆구리를 유가 걷어찼다. 움직일 때마다 옆구리가 아팠다.

그 뒤, 비가 오면 고등어조림을 했다고 일층 여자가 불렀다. 미는 망설였다. 한참 동안 비가 안 오면 언제 올지 기다려졌다. 술을 먹을 때마다 옆구리와 허리가 아파서 술 먹기가 두려웠다. 그래도 비가 오길 바랐다. 일층 여자와 그녀의 친구들은 화락천에서 미와 같이 술 먹고 놀던 여자들이 아니었을까. 술을 먹고 옥황상제한테 잘 보이려고 눈웃음이라도 쳤을까. 화가 난 옥황상제가 무엄하다고 소리치는 바람에 놀라서 허리를 삐걱하지 않았을까. 병원에 가서 엑스레이를 찍었다. 갈비뼈가 부러졌다고 했다.

병원에 다녀오니 혜성이 왔다 갔다. 이렇게 비가 오는 날 미는 뭐 하고 있나, 하고 슬그머니 들여다보고 갔던 것일까. 혜성이 두고 간 찬합에는 층층이 색이 다른 나물 반찬이 들어 있었다. 바다가 보고 싶다고 했을 때 택시를 불러서 연안부두에 데리고 가준 여자. 그 추운 날씨에 아기를 포대기에 싸고 담요에 또 싸서 자신이 안고 바다를 보여주려고 먼 길을 가준 여자. 바다는 생각과는 달리 탁하고 더러웠다. 날은 너무 추웠다. 이러다가 감기 걸릴라, 하고 바다 옆 횟집으로 들어가서 뜨거운 전복죽을 사준 여자. 혜성은 전화를 받지 않았다.

유가 쉬는 날, 아이들을 맡기고 혜성을 만나러 갔다. 버스를 타고 가서 마을버스로 갈아타고 번동에서 내렸다. 뜻밖에도 골목 입구에서 혜성을 만났다. 미는 너무나 놀라서 가슴이 두근거렸다. 혜성은 아무렇지도 않은 듯이 웬일이냐고 물었다. 그러면서 절에 가는 길이라고 했다. 전화라도 하고 오지 그랬어. 그 말에 미는 살짝 반발심이 들었다. 내가 얼마나 전화했는데. 그러면서 절에 함께 가겠다고 했다. 예전에도 몇 번 같이 가본 적이 있었으니까.

나중에 데리고 갈게.

혜성이 걸음을 재촉했다.

이번에 가는 절은 버스를 두 번이나 갈아타고 한 시간 가까이 산에 올라야 하는 험한 길이거든. 혜성은 미가 불쑥 나타나서 기분이 언짢은 것 같았다. 내가 얼마나 큰맘 먹고 왔는데. 미는 혜성이 어쩌나 보려고 따라가기로 했다.

혜성은 따라오는 미를 모르는 척 버스에 올랐다. 바로 뒷좌석에 앉은 미에게 내릴 때까지 아무 말도 하지 않았다. 미는 중간에 돌아오고 싶기도 했고 끝까지 따라가고 싶기도 했다. 혜성은 산에 오를 때도 절에 도착해서도 한 마디도 하지 않았다. 돌아오는 버스 유리창에 비친 혜성의 표정이 슬퍼 보였다. 잘 들어갔을까, 전화를 했더니 받지 않았다.

내가 뭘 잘못했을까.

미는 곰곰이 헤아려보았다. 연락도 없는 혜성에게 미가 전화했다. 미가 먼저 광화문 앞에서 만나자고 약속해 놓고 일부러 나가지 않았다. 몹시 추운 날이었는데 바람을 맞혔다. 수만 놓고 있는 혜성이 미웠다. 미의 전화도 안 받고 책도 안 보고 음악도 안 듣고 수만 놓고 있어서 미웠다.

마음이 심란해서 수를 놓고 있어. 마음을 가라앉히려고 수를 놓고 있어.

무슨 일이 생겼는지 말도 안 해주는 혜성이 미웠다. 미는 아침부터 전화해서 혜성에게 쏘아붙였다.

수를 놓는 게 그렇게 좋아? 돈을 버는 게 그렇게 좋아? 그까짓 돈이 뭐가 그렇게 중요해!

그러고 전화를 끊어버렸다.

그날 밤, 혜성에게서 전화가 왔다.

나 오늘 돈 받아서 다 쓰고 왔어. 남대문 시장에 가서 옷도 사고 미장원 가서 머리도 하고 다 써버렸어. 그까짓 십만 원 다 쓰고 왔어.

그 말만 전하고 전화를 끊었다. 혜성은 속이 많이 상한 듯했다.

새로 이사 간 곳은 복도식 아파트였다. 집집마다 현관문이 복도를 향해 열려 있었다. 아기들이 수시로 들락거려서 문을 열어놓고 살 수밖에 없었다. 처음에 미는 문을 닫고 살았다. 아기 엄마들이 초인종을 눌러서 하는 수 없이 열었다.

열한 평 아파트 안에 있기가 답답했는지 아기들은 열린 문으로 들락거렸다. 문으로 기어 나간 아기가 열려 있는 다른 집 문으로 들어가면 웃으며 안아다 주던 그곳. 술 먹고 잠들어서 초인종 소리를 못 듣는 남편이 문을 열어주길 기다리다가 아기를 안고 문에 기대어 잠든 엄마도 있었다. 남편이 바람이 난 것 같다고 훌쩍이는 아기 엄마가 있는가 하면 남편에게 맞고 속치마 바람으로 도망쳐서 미의 집으로 뛰어들어 숨겨달라는 엄마도 있었다. 발가벗고 쫓겨난 어린아이가 있으면 엄마들은 집 안으로 도로 들어가게 해주었고, 유치원에서 돌아와 엄마가 없다고 우는 아이를 데려가 밥을 먹였다.

아기를 키우는 엄마들은 다들 얼굴이 누렇게 떠 있었다. 말을 하면서도 피곤한지 연신 하품을 했다. 미는 두 아기를 키우느라고 살이 빠져서 걸핏하면 문턱에 걸려 넘어졌다. 유는 아이들이 어질러놓은 장난감을 발로 차며 집구석이 돼지우리라고 싫은 소리를 했다. 종일 집에서 뭐 하고 있었냐고. 미는 유가 어디 멀리 출장이라도 가기를 속으로 바랐다. 그걸 어떻게 알았는지 유가 말했다.

오늘 부산에 출장 갈 일이 있었는데 안 갔어.

왜?

내가 누구 좋으라고 가겠냐.

그렇게 말하는 유는 텔레비전에서 'TV 예술무대'를 보다 말고 볼륨을 죽인 채 성악가의 표정을 보며 포복절도하고 있었다. 미는 전혀 웃음이 나오지 않았다. 이제 떠날 때가 되었으니 무릎 나온 바지 대신 천사의 날개옷으로 갈아입고 두 아이를 안고 하늘로 올라가리라, 중얼대다가 미는 픽 웃어버렸다.

이렇게 둘이서 마주 보며 얘기를 하다니, 이게 꿈이야 생시야.

은하는 실제로 제 볼을 꼬집으며 킥킥거렸다.

커다란 강당에 발 디딜 틈도 없이 여자들이 둘러앉아 개를 치장시키고 있었다. 머리를 빗기고 땋아서 꽃핀을 꽂고 세심하게 살폈다. 목걸이와 귀고리를 하고 알록달록한 드레스를 입고 반짝이는 리본을 달고 있는 개들이 무대에 오를 차례를 기다리고 있었다. 얘들은 자기가 쇼에 나갈 것을 알고 있고, 자기가 예쁘다고 생각하고 있다고 은하가 말했다. 한 마리에 천만 원 하는 개도 있다고. 그 개를 사고 싶다고. 애견 쇼에 나갈 개만 기르는 사람들도 많다고. 그런 개들은 몇천만 원 하는 경우도 있다고.

도그 쇼가 끝나자 그 많던 개들이 하나도 보이지 않았다. 비싼 개들은 매니저가 따로 관리를 한다고 했다. 지하철을 타고 가며 은하가 자기 집에 가자고 졸랐다. 미는 망설이다가 환승역에서 내렸다. 은하도 미를 따라 내렸다. 집에 가서 개들을 보라고 손을 잡아끌었다. 미는 선뜻 따라갈 수 없었다.

은하와 헤어지고 돌아오는 길에 혜성과 헤어지던 장면이 떠올랐다.

산꼭대기에 조그마한 암자가 있었다. 그 암자에 가려고 시외버스터미널에 가서 버스를 두 번 갈아탔다. 산은 가도 가도 끝이 없었다. 잠깐 쉬었다 가자는 말도 못 붙일 만큼 혜성은 깊은 생각에 잠겨 있었다. 자기 안으로 깊이 깊이 침잠한 듯했다. 하얗게 부서지던 태양과 먼지가 풀풀 일던 길과 갈아엎어놓은 밭들 주변에 햇빛을 받아 물결처럼 일렁이던 비닐하우스, 그리고 두 사람쯤은 충분히 들어올 간격을 두고 우두커니 서서 버스가 오기를 기다리던 혜성과 미. 십 년이 지난 일이었지만 지금도 생생했다. 미는 나중에 혜성이 이혼했다는 소문을 들었다.

하늘이 내려앉을 것처럼 어두침침했던 날, 미는 신도시로 입주했다. 모든 게 회색인 도시였다. 집들도 거리도 나무도 정원도 하늘마저도. 앞으로 무슨 일이 벌어질 것인지도 계획된 것만 같은 회색 도시였다. 날씨마저도 계획된 것 같던 그날, 우중충하고 어두침침했던 회색빛 무게에 짓눌려 미는 땅속으로 꺼질 것만 같았다. 이삿짐을 내리지 말고 도로 예전에 살던 곳으로 돌아가고 싶었다.

문은 꼭꼭 닫혀 있고 옆집에 누가 사는지도 몰랐다. 문이 열리는 것을 본 적도 없었다. 중앙난방식 아파트는 한겨울에도 절절 끓었다. 유와 아이들은 한겨울에 반팔을 입고도 덥다고 창문을 열고, 미는 답답해서 밖으로 나왔다.

어느 햇빛 좋은 날, 미는 회색 도시 정원 벤치에 앉아 은하에게 전화했다. 은하는 개들의 사료 값을 벌기 위해 펜션 청소를 하는 중이라고 했다. 개가 일흔 마리도 넘게 늘었다면서.

다음 날, 은하가 전화했다.

생각해보니까 미가 날 살리려고 전화했나 봐. 돈 좀 빌려줘. 오백만 원만. 안 되면 삼백만 원. 아니 이백만 원만. 이건 비밀이니까 아무한테도 말하지 마. 나중에 갚을게.

미가 은하에게 해줄 수 있는 것은 죽지 말라는 말뿐이었다.

전화벨이 울렸다. 은하였다. 유와 함께 부부 심리치료 상담을 받고 나서 육교를 건너는 중이었다. 상담을 갈 때마다 미는 돈을 내고 외로움을 팔고 오는 기분이었다. 그 날 유는 상담을 받다가 펑펑 울었는데 미는 아무런 감응도 없었다. 그 기분을 날씨가 대변해주고 있었다.

대낮인데도 밤처럼 캄캄한 하늘 아래 비가 쏟아지고 있었다. 그때 은하에게서 전화가 왔다. 미가 밖이라고 했더니 은하가 얼른 전화를 끊었다. 끊자마자 다시 전화가 왔다.

옆에 누구 있어? 이건 정말 비밀인데 그 사람한테 내가 전화했다는 말 절대 하지 마.

그러더니 전화를 끊었다. 이건 또 무슨 소린가, 하는

순간 천둥 번개가 치며 하늘이 뒤집히는 소리가 났다. 미는 두 손으로 우산을 꽉 잡고 그 자리에 서 있었다. 천둥 번개가 지나가자 다시 걸었다. 항상 앞서가는 유는 어느새 육교를 내려가 지상에 발을 딛고 있었다.

다음번 상담 때는 미가 화락천에서 왔고 유가 감시자라는 주제로 하면 어떨까 하는 생각을 했다. 아니다. 그런 생각은 예전에 실컷 하다가 지쳤다. 이번에는 유가 화락천에서 왔고 미가 감시자라면 하고 바꿔서 생각해볼까 하다가 그만두었다. 재미없었다. 모든 게 다.

어느 햇빛 좋은 날, 미는 회색 도시 정원 벤치에 앉아 구름을 보고 있었다. 하늘은 푸르고 나무들은 스스로 피워 올린 잎들의 무게가 버거운지 제 그림자 위에 몸을 기대고 있었다.

자포리

연이네가 도착했을 때, 무덤은 이미 파헤쳐져 있었다. 인부 셋이서 무덤 속의 흙을 퍼 올리고 있는 것을 보던 둘째 아주버님이 석이 왔나, 하고 제 동생을 반겼다. 일을 이렇게 처리해놓고 동생들 보기 민망해서 새벽에 얼른 다녀갔나 보지. 형수는 아예 오지도 않고 큰형 혼자 왔다 갔다는 말을 인부들한테 들었다고, 아주버님이 말했다. 무덤 앞에 귤 하나가 떨어져 있더란다, 들고 있던 귤을 동생한테 건네며 불편한 심기를 내보였다. 막내인 남편은 그저 형들이 하는 대로 따라 할 수 있을 뿐, 그저 귤만 만지작거렸다.

두 형제가 나란히 서서 무덤 속을 들여다보고 있는 것을 보던 연이는 슬그머니 고개를 내밀었다. 시어머니의 시신은 누런 살 껍질만 남아 뼈에 붙어 있었고, 그보다 앞서 죽은 시아버지의 시신은 살이 다 썩어 없어지고 뼈만 남았다. 금니가 매달려 있는 입은 웃고 있는 것 같았다. 연이는 황급히 돌아섰다. 섬뜩한 기운이 연이의 몸을 감싸 진저리를 쳤다. 느긋하게 팔짱을 끼고 무덤 속을 들여다보고 있는 형제의 뒷모습을 보면서 핏줄은 역시 다르구나 싶었다.

연이는 멀찍이 떨어져서 쑥을 뜯고 있는 형님에게 다가갔다. 형님은 쑥을 뜯느라 여념이 없었다. 동서도 쑥 뜯어서 서울 갖고 가서 서방님 쑥버무리 해드려, 어릴 때 어머님이 해줬다고 아들들이 좋아하잖아. 형님은 고개를 들지도 않고 말했다. 연이는 쑥을 뜯고 싶지 않았다. 어서 일이 끝나고 집에 가고 싶었다.

"형님, 산소 이장이 언제쯤 끝날까요?"

연이의 물음에 형님이 이제 시작인데 우린 쑥이나 뜯자고 했다. 시골이라 밤이 되면 캄캄해서 아무것도 보이지 않으니 그전에는 끝날 테지. 동서, 여기 좋다, 이거 뜯어, 형님이 쑥을 가리키며 말했다.

"형님은 무덤 속 봤어요?"

"그걸 뭐 하러 봐. 어서 쑥이나 뜯어."

그러면서 형님은 무덤 옆에 엘피지 가스통과 화덕 가져다 놓은 거 봤냐고 물었다. 연이는 보지 못했다고 했다. 그렇게 작은 화덕에다 어떻게 불을 지피려는지, 쑥을 뜯으며 형님이 말했다. 화장 문제로 두 형제가 서로 다찰이 오갔다는 말은 남편한테 들었다. 둘째 아주버님은 화장터에서 화장을 해 와서 선산에 다시 묻자고 하고, 큰아주버님은 인부들한테 맡기면 다 알아서 해준다고 서로 언성을 높였다고. 원래 있던 무덤을 파서 위치를 옮기는 거라도 그렇게 막 하면 안 되는 건데, 큰집에서 좀 더 형식을 갖춰서 하자고 했으면 동생들도 따랐을 텐데, 형님이 아쉬워했다. 시누이는 시댁에 일이 있다고 못 왔단다, 동서랑 나는 여기서 쑥이나 뜯자. 묘지 옆으로 기찻길이 난다는 통보를 삼 형제는 똑같이 받았다. 정부에서 공지한 이장비가 합당하지 않다며 큰아주버님이 이의신청을 한 후, 원래 보상금에서 천만 원 정도 더 받고야 동의했다. 삼 형제의 몫으로 된 산을 두고도 여러 말이 오갔다. 이참에 산을 팔자, 우리 죽고 나면 애들끼리 분쟁 생길라. 자포 골짜기 산이 몇 푼이나 한다고, 선산은 남겨두어야지. 형제들은 의견이 분분했다. 결국 큰아주버님의 생각대로 그대로 두기로 했다. 형님의 말에 연이는 무엇보다도 화장을 해서 다시 묻지는 말고 두 분이 좋아했던 선산 밤나무 아래 뿌려드리는 게 좋지 않을까 싶었다. 어른들은 늙어가고 요즘 젊은 애들이 서울에서 자포까지 올 리 만무했지만 연이가 나설 일은 아니었다.

연이는 골짜기마다 안개를 피워 올리는 산을 바라보았다. 산 너머 산, 그 너머 또 산이 겹겹이 선산을 둘러싸고 있었다. 봐라, 내가 이 꼴짜기에서 아들 셋, 딸 하나를 낳아서 다 서울로 공부시켰다, 다 박사 만들었다. 어머님의 기세등등한 목소리가 들리는 것 같았다.

봄바람이 솔솔 불어오는 사이에 안개가 걷히고 시야가 파릇파릇해졌다. 젊었을 때 봤던 산은 그냥 산이었다. 나이가 들면서부터는 그 속에 살고 있는 수많은 짐승들이 보였다. 산속에서 뭘 먹고 자라서 암수가 만나 새끼를 낳고 그 새끼가 또 새끼를 낳고 이어져오는지 생각했다.

햇빛이 쏟아져서 너른 들판에 흐드러진 새싹을 환하게

비췄다. 꽃망울을 머금고 있는 과실나무도 햇빛을 흠뻑 받아 반짝거리고 개울물도 기분 좋은 소리를 내며 흘러내렸다. 오랜만에 와서 보는 자포리의 풍경은 예전 그대로 변함이 없었다.

"형님, 다른 건 몰라도 자포리는 풍경이 엄청나게 아름답잖아요."

연이가 말했다.

"뭐가 아름다워, 그냥 시골이지."

말해놓고 형님은 이내, 나는 시골이 고향이라서 그러려니 하는데 동서는 도시에서 자라서 아름다운가 보구나, 하고 말했다.

자포 집 부엌에서 일하다 말고 밖을 내다보면 대나무 울타리 너머로 보이는 풍경이 한눈에 들어왔다. 벼는 노랗게 익어서 물결치고 낙엽은 우수수 떨어지고 코스모스가 한들한들 흔들리는 게 그렇게도 아름다웠던가. 이렇게 아름다운 지옥도 있구나. 자포는 지옥, 서울은 천국. 그러면서 하루하루 시간이 가기를 얼마나 바랐던가. 그때를 생각하자 노란 벼 이삭이 바람에 출렁이는 길을 걷고 있는 앳된 여자가 보였다. 이제 막 결혼해서 세상 물정 모르던 시절의 연이였다.

스물네 살에 결혼해서 첫애를 임신한 연이는 세월이 흐르고 머리가 희끗해져도 그 길을 잊을 수 없었다. 연이가 태어나고 자란 전남 목포시 연동 백천기업사 옆 나카마치 시장 골목이 아니라, 경북 영천군 북안면 자포리, 노란 벼 이삭이 바람에 출렁이는 그 길에서부터 새로운 인생이 시작되었다. 목포에서 고등학교를 졸업하자마자 서울로 올라와 다니던 회사에서 남편을 만났고, 변변한 연애의 기억도 없이 임신이 되는 바람에 결혼을 하게 되었다. 시부모님의 반대는 말할 것도 없었다.

결혼 전, 남편이 부모님께 인사를 시킨다며 자포 집에 데리고 갔을 때 깜짝 놀랐다. 남편이 이렇게까지 산골짜기에서 태어난 사람인 줄 몰랐다. 집은 비어 있었고, 남편은 큰 소리로 엄마를 불렀다. 이윽고 머리에 수건을 쓴 초로의 여인이 구부정한 모습으로 나타났다. 우야꼬, 해필이면 전라도 여자캉 결혼한다꼬? 실망하던 표정이 눈에 선했다.

형님이 쑥을 뜯고 지나간 자리에 수북이 남겨져 있는

쑥을 살폈다. 자세히 보니 벌레 먹은 데다 까만 점투성이였다. 형님은 싱싱하고 좋은 쑥만 꼼꼼하게 골라서 검은 비닐봉지에 담았다. 형님이 둔덕 아래에 난 쑥을 뜯으려고 팔을 뻗었다. 자칫하면 앞으로 고꾸라질 것 같았다. 얼른 가서 형님의 등을 붙잡아주었다. 형님이 안간힘을 쓰며 손을 내밀었지만 아슬아슬하게 쑥에 닿지 않았다. 아유, 아까워라, 하며 안타까워하는 형님에게 여기도 많잖아요, 했더니 저 쑥이 좋으니까 그러지, 하며 아쉬워했다. 저렇게 연하고 보드라운 걸로 쑥버무리를 하면 얼마나 맛있다고. 연이는 쑥을 많이 뜯어서 형님에게 드리고 싶었지만 손길은 더디기만 했다.

형님은 점점 더 수풀이 우거진 곳으로 들어갔다.

"이러다가 뱀 나오면 어떻게 해요."

"그러니까 뒤돌아보면서 살피면서 뜯어야지. 동서는 거기 서서 뱀이 나오나 지켜보고 있어. 나는 쑥을 뜯을 테니까."

형님의 말에 겨울잠에서 깬 뱀들이 기어 나올 것만 같았다. 연이는 그림책에서만 봤던 뱀을 산소 가는 길에 처음으로 보았다. 순간 비명을 지르며 바로 옆에서 걷고 있던 큰 형님에게 매달리며 버둥거렸다. 큰 형님이 놓으라고 해도 뱀이 사라질 때까지 붙잡고 놓아주지 않았다. 하이고 동서야, 숨 막혀 죽을 뻔했데이. 뱀도 뱀 같잖은 실뱀이구만. 큰 형님이 눈을 흘겼다. 뱀도 가만 놔두면 지 갈 길 간다, 와 그리 호들갑이고. 그러면서 막내니까 봐준데이, 하며 피식 웃었다.

언젠가 산소 가는 길에 형님이 쑥을 뜯다 말고 놀라서 황급히 손을 거두는 것을 보았다. 왜 그러냐고 묻자 방금 뱀이 지나갔어, 하고 말했다. 그러면서도 쑥을 뜯었다. 나는 자포에 쑥 뜯으러 왔어, 하면서.

"동서, 우리 자포 오면 아버님 매일 술 드시고 늦게 오셨잖아. 그러다 어머님이 느그 어른 오시나 나가봐라, 하면 진짜 무서웠잖아. 시골이라 얼마나 캄캄해."

말 그대로 칠흑같이 어두운 밤, 어머님의 성화에 두 동서는 팔짱을 끼고 더듬더듬 걸었다. 저만치서 불빛이 반짝거렸다. 저거 귀신불이야, 내가 시골에서 살아봐서 잘 알아. 순간 두 동서는 걸음아 날 살려라, 하고 집을 향해 뛰었다. 금방이라도 귀신이 뒷덜미를 잡을 것 같아서 진땀을 뺐다. 어머님이 무서워서 집 안으로 들어가지도 못하고 아버님이 올 때까지 대나무 울타리 아래 숨어 있었다.

풍류를 즐기던 아버님이 시멘트 담장을 허물고 심어놓은 대나무 울타리. 훗날 어머님의 목숨을 앗아간 그 대나무 울타리 아래에서 한참을 기다리면 아버님은 술 냄새를 풍기며 돌아오곤 했다. 얼큰하게 취해 돌아온 아버님이 시원한 물 한잔 달라며 사랑채로 들어갔다. 동서가 가져다 드려. 싫어요, 형님이 갖다 드리세요. 두 동서는 옥신각신하다가 결국 둘이서 갔다. 아버님이 들어오라는 바람에 결국 방 안에 앉게 되었다. 아버님은 물은 마시지도 않고 담배를 피우더니 말했다. 하따 그 술집 가시나들이 엄청 잘해주더라야. 놀란 두 동서는 서로 눈짓을 하며 살며시 방에서 빠져나왔다.

"아버님 환갑 때 갓난애들 데리고 보름 전에 자포 와서 소주병 닦은 거 기억나?"

"소주병요?"

연이가 되물었다.

"어머, 그게 생각이 안 나? 몇 박스나 되는 빈 소주병 깨끗이 씻느라고 둘이서 얼마나 애썼는데. 우물에 물이나 많았냐고."

연이는 그제야 생각이 났다. 아버님 환갑이라고 한 달 전에 오라는 걸 애 낳은 지 얼마 안 돼서 보름 전에 갔다. 둘째 형님하고 연이는 아기를 낳은 지 두 달 됐고, 큰 형님은 낳은 지 한 달 된 아기를 데리고 갔다. 손님들이 방을 차지하고 있어서 누에를 치던 갓방에 세 아기를 나란히 눕혔다. 한 아기가 웃으면 두 아기도 따라 방긋대고, 한 아기가 울면 다 같이 목청을 높였다. 윗목에 널려 있는 뽕잎 사이로 누에가 기어 나와서 아기한테 올라가면 어쩌지, 아기들이 두꺼운 이불에 짓눌리면 어쩌지, 세 동서는 부엌과 갓방을 수시로 오가며 전전긍긍했다.

아기가 울어서 젖을 먹이면 어머님이 마구 야단을 쳤다. 집안에 어른들이 많은데 애가 좀 운다고 남세스럽게 젖 먹이고 있다고, 어머님이 꾸지람을 해도 세 동서는 울음소리가 들리면 하던 일을 멈추고 아기한테 달려갔다가 서둘러 부엌으로 돌아왔다. 어머님 몰래 소고깃국 한 대접을 떠서 후루룩 마시고 참깨도 한 주먹씩 집어 먹었다. 이것도 영양가가 있으니까 애기 젖으로 나오라고 꼭꼭 씹어 먹자. 큰 형님은 어머님한테 들킬까 봐 목소리를 낮췄다.

환갑날이 되기 사흘 전부터 마당에 큰 천막을 치고 그 아래 밥상을 줄줄이 늘어놓고, 돼지 잡고 닭 잡고 떡 하고 전 부치고 손님들을 맞이했다. 소리꾼들이 와서 소리하고 장구 치고 꽹과리를 치면 아비들은 나가서 춤추고, 아기들은 놀라서 경기를 일으켰다.

"형님, 그때 솜을 뜯어서 애기들 귓속을 막았잖아요."

"그때는 솜도 귀했지, 휴지를 뜯어서 애들 귓구멍에 틀어막고 그랬지."

별걸 다 기억하는 우리 형님.

갓 태어난 아기들 셋이 나란히 누워 꼼지락대던 광경이 떠올랐다. 뒤꼍에 있는 가마솥 가득히 물을 데워 어렵게 목욕시켰던 일이며, 아기들이 추울까 봐 아궁이에 불을 너무 많이 지펴서 방바닥이 시커멓게 탔던 일도 생각났다. 부엌에서 일을 하고 있으면 아기들은 번갈아 가며 울었고, 우는 아기를 보러 갔던 형님들은 좀체 오지 않아 연이는 부엌일을 도맡아 했다. 연이가 자려고 방에 들어오면 이제야 일을 마치고 들어왔냐고 반기듯이 아기가 울었다. 연이가 우는 아기한테 젖을 물리면 형님들이 동서가 일복이 많은가 보다, 하고 놀렸다.

두 동서는 쑥을 뜯느라고 점점 더 산소와 멀어지고 있었다.

"가봐야 하지 않을까요? 너무 멀리 온 것 같은데."

"다 하고 나면 전화한다고 했으니까 그때 가면 돼."

형님은 무덤 쪽으로 가기 싫은 모양이었다. 연이도 무덤 속이 생각나서 가기 싫었다. 형님도 무덤 속을 봤으니까 가기 싫은 게 아닐까. 말하기가 끔찍해서 그걸 뭐 하러 보냐고 했을 수도 있었다. 아무래도 연이는 무덤 쪽으로 가봐야 할 것 같았다. 남편은 그렇다 해도 아주버님 보기에 안 좋을 것이다. 아무리 가자고 해도 형님은 쑥만 뜯고 있었다.

"괜찮아, 자포까지 온 것만 해도 어딘데. 사실 난 쑥 뜯으러 왔어."

형님은 자포에 올 때마다 늘 똑같은 말을 했다. 연이가 부엌 너머로 자포리 풍경을 내다보며 위안을 받고 싶었던 것처럼, 형님은 쑥을 뜯으며 마음을 달랬을지도 몰랐다. 손끝이 야무진 형님은 쑥을 뜯듯이 부엌일에도 정성을 다했다. 음식을 할 때도, 밥상을 차릴 때도 지나치게 신경을 써서 큰 형님에게 한소리 듣곤 했다. 큰 형님이 이제 그만 밥상을 방으로 들여가도 된다고 해도 작은 형님은 잠깐만요, 하면서 반찬 그릇의 위치를 이리저리 바꿔놓고는 이제 된 것 같지, 하며 연이에게 들여가게 했다. 책잡히기 싫어서 그래요. 형님이 항상 했던 말이었다.

"동서, 우리 자포 올 때 고생 많이 했지, 멀미도 많이 하고."

연이는 기차 타고 다니며 토했던 기억이 났다. 큰 형님은 따로 오고 두 동서는 같이 다녔다. 한 애는 걸리고 또 한 애는 등에 업고 한 손에 기저귀 보따리, 또 한 손에는 선물 보따리를 주렁주렁 들고 갔다. 큰 형님은 명절 전날 왔고, 작은 형님과 연이는 보름 전에 갔다. 남편들은 회사를 마치고 명절 전날 밤늦게 왔다. 그러다가 작은 형님네가 차를 샀다. 아이들을 무릎에 앉히고 여덟 명이 한 차에 타고 다녔다. 명절이라 차가 막혀 열 시간이 넘게 가는 동안 무슨 이야기를 하며 갔을까. 어린아이들에게 말을 걸면서 지루한 시간을 견뎠을 것이다.

자포 집에 도착하면 어머님은 세 아들에게 깨끗이 손질해놓은 한복을 건네주었다. 흰색 저고리에 회색 바지를 입은 삼 형제는 집 안을 치우거나 싸리 빗자루로 마당을 쓸고, 세 동서는 한복에 앞치마를 졸라매고 부엌으로 들어가 음식을 장만했다. 시골 형님들은 질부들 왔나, 하고 부엌을 기웃거리며 아이들을 언제 저만치나 키웠냐고, 세 동서가 나란히 배불렀을 때 볼만했데이, 하고 놀렸다.

설날 아침, 어머님은 마당에 멍석을 깔았다. 한복을 정갈하게 차려입은 아들 며느리 손자들은 신발을 벗고 그 위에 올라가 세배를 했다. 부모님은 사랑채 문을 활짝 열어놓고 방에 앉아서 절을 받았다.

절이 끝나면 세 동서는 부랴부랴 밥상을 차려 안방에 들여놓고 친척집에 인사하러 갈 때 들고 갈 음식을 챙겼다. 정갈하게 싸거래이, 흉잡힌다카이. 어머님의 점검이 끝나면 음식을 보자기에 쌌다. 그러고 나서 연이에게 주의를 주었다.

"니는 친척들이 고향이 어디냐고 물으면 전라도라 하지 말고 경기도라 캐라. 사람들이 뭔 말을 물으면 대답하지 말고 고개만 끄덕거려라. 전라도 사투리 튀어나올라. 알겄제?"

연이는 말없이 고개를 끄덕였다.

어른이 말하는데 그게 무슨 짓이고. 네, 하고 대답해야지.

연이는 네, 하고 대답했다.

세 동서는 음식을 들고 이 집 저 집 인사를 다녔다. 경상도가 고향인 큰 형님이 인사말을 맡아 해서 아랫동서들은 안심했다. 우리 순이는 시댁에서 잘하고 있나, 우리 순이는 공부만 할 줄 알았지 뭘 할 줄 알겠노, 하고 시누이를 걱정하던 시어머니의 흉내를 큰 형님이 내면 어린 두 동서는 깔깔대고 웃었다. 저만치 갓 쓰고 도포 입은 노인이 오는 게 보이면 옆으로 비켜서서 고개를 숙였다. 노인은 허연 수염을 쓰다듬으며 흠, 흠, 목청을 가다듬고는, 뉘 집 자손들인고? 하고 물었다. 그러면 큰 형님이 김자, 정자, 문자, 쓰시는 분이십니다, 하고 말했다. 노인은 아하 그 양반의 손이시구만, 하며 고개를 끄덕거렸다. 큰 형님은 누구를 만나도 전혀 주눅 들지 않고 경상도 말을 유창하게 구사하며 묻는 말에 대답하곤 했다. 그럴 때는 꿀 먹은 벙어리처럼 입을 다물고 있는 아랫동서들에게 형님은 정말 든든한 존재였다.

산소 가는 길은 왜 그리도 먼지, 논두렁 밭두렁을 지나고 과수원을 지나 개울을 몇 번이나 건너고 삼 형제가 헤엄치고 놀았다던 저수지를 지나서 한참을 걷다 보면 저 멀리 밤나무들이 울창한 선산이 보였다. 앞에서 끌어주고 뒤에서 밀어주며 비탈진 산길을 올라 생전 본 적 없는 증조할아버지와 할머니, 삼촌들 무덤 앞에 나란히 서서 절을 올렸다. 오랜만에 사촌들을 만난 아이들은 무덤가에서도 장난을 멈추지 않았다. 웃고 소리치는 아이들을 보며 이놈의 손들아 커서 뭐가 될래, 하며 시부모님은 웃음꽃을 피웠다.

"그러다가 큰 형님네가 오지 않았어요."

"큰조카 유치원 들어가고부터 안 왔어."

"나중에는 작은 형님도 안 왔어요."

"그때 내가 둘째 낳는다고, 자궁 문이 열린다고 해서 못 갔지. 자궁이 약해서 어디 가면 안 된다고 해서."

그 뒤 연이는 혼자 다녔다. 자포에 가려면 기차를 타고 영천에서 내려 다시 택시를 타고 동네 우물가에 내려서 한참을 걸어가야 했다. 처음으로 혼자 자포에 갔을 때, 길을 잃어버렸다. 하필 눈이 와서 우물을 가리고 이정표를 가려버렸다. 논이며 밭은 눈에 덮여 허허벌판이 돼버렸다. 어디로 가야 할지 방향조차 가늠할 수 없었다. 아무리 가도 집이 나오지 않았다. 무릎까지 눈이 쌓여 발이 푹푹 빠졌다. 등 뒤에 업힌 아이가 배가 고파 악을 쓰며 울어댔다. 땅거미가 내려앉기 시작했다.

호랭이가 물어가도 정신만 똑바로 차리면 쓴다이.

친정엄마의 목소리가 들렸다. 정신을 차려도 다리에 힘이 빠졌다. 찾다 찾다 못 찾아서 눈밭에 주저앉아 한참을 울었다. 아이고 내 이쁜 양념 딸아, 어디서 이렇기 꽁꽁 얼어갖고 왔다냐. 엄마가 연이를 따뜻한 아랫목으로 데리고 가서 이불을 덮어주었다. 따뜻한 방바닥에 등을 대고 눕자 스르르 눈이 감겼다. 어디선가 아이 울음소리가 들렸다. 깜짝 놀라 눈을 떠보니 등에 업은 아이가 자지러지게 울고 있었다. 저 멀리 갓 쓰고 도포 입은 노인이 눈밭에 나타났다. 여보세요. 여보세요. 연이는 목 놓아 노인을 불렀다. 혹시 대나무집이 어디쯤인지 아세요? 김자, 정자, 문자 쓰시는 분 댁이 어딘지 아세요? 그러자 노인이 저어기, 하며 손가락으로 허허벌판을 가리켰다. 노인에게 다시 물으려고 했더니 어느새 사라지고 없었다. 다시 눈길을 헤치고 걷고 또 걷다 보니 대나무 울타리가 보였다.

큰아는 왜 안 왔나, 작은아는 왜 안 오고 니 혼자 왔나, 느그 형들이 사정이 생겨서 못 온다고 해도 니가 같이 가자고 했어야지, 기어이 끌고 왔어야지, 하며 어머님은 끊임없이 구박을 퍼부었다. 무슨 반찬을 해도 마음에 들 리 없는 어머님은 연이의 허물을 찾는 데만 열중하는 것 같았다.

새벽 세시, 어머님은 어김없이 자고 있는 연이를 깨웠다. 이런저런 반찬을 하라고 이르고는 새벽기도를 하러 교회에 갔다. 날이 뿌옇게 밝아오자 교회에서 돌아온 어머님은 연이가 만들어놓은 반찬을 보며 화가 나서 어쩔 줄 몰랐다. 반찬 해논 꼬라지를 봐라. 무는 물러 터졌고 말은 뛰쳐나갈 것 같고 이기 무신 짓이고. 숟가락으로 무나물이며 말나물을 쿡쿡 찍으며 노발대발하는 어머님을 보며 연이는 새벽기도는 전혀 효력이 없겠다는 생각을 했다.

한번은 어머님이 새벽기도를 나가자 남편에게 전화를 걸었다. 어머님이 도로 들어와서 너 지금 뭐 하고 있노, 할까 봐 전화기를 든 손이 바들바들 떨렸다. 자고 있던 남편이 전화를 받자 나 좀 데리러 오라고, 제발 나 좀 데리고 가라고 했더니 어른들이 하시는 일을 내보고 어쩌라고, 하며 전화를 끊어버렸다. 부엌에서 달그락거리는 소리에 아이가 자다 깨서 울면 부뚜막에 앉혀놓고 밥을 하고 반찬을 만들었다. 엄지손가락을 빨며 졸면서도 아이는 엄마에게서 떨어지지 않으려고 했다. 방에 데리고 가서 재우다가 같이 잠들어버려 불호령이 떨어진 적도 있었다.

아궁이의 불은 왜 그리도 안 붙는지, 형님들이 할 때는 잘만 붙던 아궁이의 불이 어쩌면 그렇게도 붙지 않고 꺼져버리는지, 애간장을 태우고 있으면 어머님이 여지없이 나타났다. 니는 군불도 지필 줄 모르나, 니는 할 줄 아는 기 뭐가 있노. 석아, 우이하다가 저런 기하고 결혼을 했노. 앙상한 당신 가슴을 주먹으로 마구 칠 때, 너무 아플 것 같아서 팔을 붙들고 싶었지만 무서워서 잡지도 못했다. 끼니때마다 석아, 니는 밥이나 먹고 사나, 하면서도 한 달이 넘도록 붙들고 보내주지 않았다.

자포는 지옥. 서울은 천국.

날마다 주문을 외다가 어렵사리 서울에 왔더니 주인집 여자가 말했다.

어머, 새댁 얼굴이 뽀얗게 살이 붙었네. 시어머니가 엄청 잘해주셨나 보다.

연이는 거울을 보았다. 정말이지 얼굴에 살이 붙어 있었다. 햅쌀밥이 맛있긴 했지.

'너의 처를 보내주기 바란다.'

다시 아버님이 편지를 보냈다.

"형님도 그런 편지 받아봤지요?"

"아니, 나는 그런 편지는 안 받아봤지만 다른 편지는 몇 번 받아봤지. 그 당시는 서울역에 쌀 부쳤다고 찾아가라고 했지."

"난 그런 적이 한 번도 없었어요. 자포에 내려오라고만 했어요. 우리한테는 쌀 부쳐준 것도 없었고요."

"설마. 동서네도 쌀 부쳤을 거야. 된장, 고추장 이런 것 부쳤잖아."

연이는 자포에서 받은 게 없었다. 된장도 고추장도, 참기름도 들기름도, 마늘, 고춧가루, 기타 등등. 큰아, 이거 가져갈래? 작은아, 이거 가져갈래? 어머님은 형님들한테는 물었지만 그 옆에 서 있던 연이에게는 묻지 않았다.

그러면서 끄떡하면 오라고 하다니. 내가 그렇게 만만한가 보지.

남편한테 푸념했다.

막내라서 그래.

한 번도 데려다 주지도 않고, 데리러 오지도 않는 뻔뻔스러운 남편의 말이었다.

아무리 만만해도 임신 팔 개월 때는 안 가는 게 맞다.

'추수에 너의 엄마가 고생이 많으니 너의 처를 보내주기 바란다.'

아버님의 전보가 오면 연이는 무조건 자포에 가야 했다. 남편의 말대로 어른들이 하시는 일을 거역할 수 없어서 갔을 뿐이었다. 기차를 타는 내내 멀미를 해서 화장실을 들락거리기조차 힘들었다. 녹초가 돼서 도착한 시댁은 반겨주는 사람 하나 없었다. 곧바로 부엌일을 하고 수시로 새참을 가져다 날랐다. 소쿠리에 보리밥과 콩잎 반찬과 된장, 고추장을 넣어 머리에 이고 막걸리를 가득 담은 주전자를 들고 한참을 걷다 보면 머리에 감각이 사라지고 배불뚝이 몸뚱이만 둥둥 떠가는 것 같았다. 벼이삭이 출렁이던 길은 가도 가도 끝이 보이지 않았다. 잠시 쉬어 가고 싶었지만 머리에 이고 있는 소쿠리를 내리다가 쏟아질까 봐 꾹 참고 저수지까지 걸어갔다. 일꾼들이 새참을 먹는 동안 연이는 저수지 둑 살구나무 아래에서 한숨을 돌렸다.

"그래도 동서는 밭일은 안 해봤잖아."

형님들은 연이를 위로하려고 하는 말이었지만 한편으로는 그 정도는 고생도 아니다, 라는 뜻이 담겨 있었다. 형님들은 부엌일은 물론 모심기, 마늘 심기, 양파 심기에서부터 추수하기까지 안 해본 일이 없었다. 감자며 고구마를 캐고 고추 따는 일을 뙤약볕에서 땀을 뻘뻘 흘리며 했다. 땀띠에 진물이 나더니 대상포진에 걸려서 죽을 뻔하기도 했다. 큰 형님은 새벽이면 비닐하우스 딸기밭에 가서 물을 주고 그 딸기를 따서 시장에 갖다 파는 일까지 했다. 참외며 수박 농사까지 지어 허리가 끊어질 뻔했다. 큰 형님이 열한 평 아파트에서 신혼살림을 차리자마자 어머님은 둘이서 자취하는 딸과 아들을 신혼집에 보내 같이 살게 하고는 수시로 오가며 간섭하는 바람에 스트레스를 받아서 숨이 막힐 뻔했다. 그러다가 연이가 결혼할 즈음, 어머님이 힘든 수박과 딸기 농사를 접었다. 동서도 고생이 많았지만 우리보다는 덜하다. 그런 이야기가 머리로는 이해가 됐지만 가슴에 와닿지는 않았다. 자기가 겪어보지 않으면 모른다던 형님들의 말이 옳다.

"제가 혹시 형님들한테 갈비탕 이야기한 적 있어요?"

"갈비탕 이야기? 그게 뭔데?"

예전에 제가 임신 팔 개월 때 자포에 간 적이 있는데요…… 그러나 막상 말하려고 하니 말하기가 싫었다. 말해봤자 무시당할 것 같아서 하지 않았다. 무슨 이야기를 하려다가 마냐는 형님들의 말에 연이는 다 잊어버렸다고 했다.

어떻게 잊어버릴 수가 있겠는가. 그때 가서 보니 시누이가 아기를 낳고 산후조리를 위해 와 있었다. 그녀의 남편이 갈비 한 상자를 사 왔다. 사과 궤짝 같은 커다란 상자에 갈비가 가득 담겨 있었다. 그 많은 걸 한꺼번에 물에 담그라고 해서 반나절 피를 빼고 반나절 삶아서 온갖 양념을 준비하고 보니 밤 아홉시가 되었다. 시부모님과 시누이 부부가 상 앞에 둘러앉아 갈비가 들어오기를 기다리고 있었다. 드디어 갈비가 든 솥단지를 방에 들이고 나서 연이가 막 방에 들어서는 순간, 어머님이 말했다. 니는 그만 가서 자거라.

연이는 얼른 방에서 나와 갓방으로 갔다. 자리에 눕자 뱃속의 아기도 슬픈지 배가 딱딱해졌다. 엄마가 보고 싶었다. 빨간 완두콩조림과 노랗게 빛나던 연근조림을 팔던 목포시 연동 나카마치 시장 골목도 그리웠다. 다음 날 새벽, 밥하러 부엌에 갔더니 갈비 뼈다귀와 설거지 그릇들이 상 위에 수북이 쌓여 있었다. 부엌에서 일하고 있을 때, 갑자기 아버님이 등 뒤에서 커다란 목소리로 니 지금 뭐 하고 있노? 하고 묻는 바람에 놀라서 들고 있던 접시를 놓쳐버렸다. 어머님이 나와서 우야꼬, 야가 부족한 것 같다, 하며 깨진 접시를 아까워했다.

시누이가 애기 똥 기저귀를 마루에 내놓으면 우물가에 갖고 가서 빨래를 했다. 두레박도 없이 바가지로 물을 푸는 우물이었다. 우물물을 푸려고 엎드리면 뱃속의 아기가 아래로 쏠려 우물에 빠질 것만 같았다. 하던 일을 멈추고 두 손으로 배를 잡고 서 있으면 어머님이 나와서 미운 소리를 했다. 니는 그거 하고도 힘이 드나. 나는 어찌

살았는지 아나? 연이는 자신을 돌아보았다. 나는 왜 이렇게 살고 있을까, 하고.

다른 건 그렇다 해도 임신 팔 개월 때 자포에 불려가서 고생한 게 잊혀지지 않았다. 전라도라고 구박받은 것도. 느그 전라도에서는 그리 가르치더나, 느그 전라도에서 그리 배웠나, 어머님이 야단을 치면 아버님이 나와서 그 커다란 목소리로 니는 그래가 농사짓고 살라? 여기서 한 달이고 두 달이고 농사일 좀 배우고 가라, 하고 호통을 쳤다.

"형님, 제가 왜 농사를 지어요? 네? 왜 농사를 짓냐고요, 제가요."

"그냥 하시는 말씀이겠지. 어머님이 부농 집안에서 외동딸로 곱게 자라서 중매로 아버님과 결혼했는데 층층시하 시집살이를 호되게 시켰으니 면목이 없었겠지."

그러면서 형님은 아버님이 면사무소에서 말단 공무원으로 시작해서 부면장으로 정년퇴임을 하셨으니 체면이 있는 분이어서 어머님 편든다고 며느리한테 한마디 하는 척했을 거라고 했다. 연이가 생각할 때 아버님은 군대에서 장교를 했으면 딱 어울릴 외모와 목소리를 지녔다. 아버님의 목소리가 얼마나 큰지, 들을 때마다 깜짝깜짝 놀랐다.

문득 어떤 장면이 눈앞에 떠올랐다. 빗방울이 한두 방울 떨어지기 시작했던가. 마당에 쌓아놓은 장작을 광으로 옮기는 중이었다. 어머님과 연이가 두 팔을 앞으로 내밀고 서 있으면 아버님이 수북이 쌓인 장작을 들어내 두 사람의 팔에 안겨주었다. 어머님한테 장작 열 개를 올려주고, 연이에게는 일곱 개를 올려주었다. 그걸 본 어머님이 하이고, 그래도 며느리라고 되게 생각하네, 하고 웃었다. 순간 연이는 눈물을 쏟을 뻔했다. 진짜 며느리가 된 것 같아서. 그때가 아버님과의 마지막 대면이었다.

기분 좋게 한잔 마시고 버스를 기다리고 있던 아버님이 갑자기 쓰러졌다. 사인은 심근경색. 아버님의 환갑 때와 마찬가지로 자포 집 앞마당에 천막이 세워지고, 손님들을 대접했다. 손님들의 문상은 그치지 않았고, 세 동서는 밤잠을 설치며 음식을 만들었다. 밥을 맛나게 먹은 친지들은 밥상을 물리고 나면 정해진 순서처럼 엎드려 곡을 했다. 아이고, 아이고, 소리를 내지 않으면 울어라, 울어라, 하며 시고모들이 며느리들의 등을 마구 때렸다.

상여를 메고 나갈 때도 절차가 복잡했다. 상여꾼들이 마당을 몇 바퀴 돌다가 멈춰 서고, 다시 몇 걸음 걷고 멈추기를 반복하며 그때마다 관을 내려놓고 곡을 했다. 살아 있는 사람들이 죽은 사람을 보낼 준비를 하라는 것일까. 죽은 사람이 무서워하지 말라고, 좋은 곳으로 간다고 안심을 시키는 것일까. 하얀 종이꽃을 주렁주렁 매달은 상여를 매고 만장을 휘날리는 상여꾼들을 뒤따라가며 곡소리를 냈다.

"형님, 아버님 장례식 때 머리에 썼던 거, 그 시커먼 천으로 얼굴 가리던 거, 그걸 뭐라고 해요?"

"모르겠어, 동서, 우리 친구도 경상도 영천이 시댁인데 시아버지 돌아가셨을 때 며느리들이 그걸 쓰고 얼굴을 가렸다더라."

머리 뒤쪽은 짧고, 얼굴 쪽은 목까지 길게 내려오는 형태였는데 쓰고 보니 기괴했다. 처음엔 무서웠는데 어느 순간 그걸 쓴 형님들의 모습이 우스꽝스러웠다. 형님들도 그랬는지 하필이면 상여를 뒤따라가다가 세 동서는 서로 눈이 마주치자마자 웃음을 터트렸다. 얼른 손으로 입을 가렸다. 시고모가 달려와서 울어라, 울어라, 소리치며 두 손으로 등을 마구 때렸다. 아버님을 산에 묻고 오자 어머님이 자식들을 모두 앉혀놓고 물었다. 앞으로 누가 당신을 모실 거냐고. 큰아, 니가 나 모실 거가? 작은아, 니가 나 모실 거가? 말해봐라, 하고 다그쳤다. 연이한테는 묻지 않았다. 형님들은 대답하지 않았다. 아들들도 가만히 있었다. 어머님은 전혀 예상치 못한 사태에 당황했는지 목소리가 높아졌다. 내가 이 꼴짜기에서 뼈가 빠지게 농사지어서 자식들을 다 대학 보내고 박사 만들었는데 당연히 모셔야지, 누가 나를 모실 거가? 몇 번을 물어도 자식들은 끝내 대답하지 않았다.

한동안 어머님을 모시는 문제로 집안이 시끄러웠다. 어머님이 오실 때마다 분란이 일자 당분간 서울에 오시지 말고 자포에 계시라고, 그러면 나중에 우리가 가겠다고 했다. 기다려도 자식들이 오지 않자 어머님은 기도원에 가서 자식들을 불렀다. 다 같이 가서 보니 커다란 강당에 수많은 사람들이 앉아서 기도하고 울부짖고 있었다. 아비규환이랄까. 지하로 통하는 문을 열자 어두컴컴했다. 사람이 겨우 지나갈 길을 사이에 두고 칸칸이 나눠

진 쇠창살 안에 한 사람씩 들어앉아 기도를 하고 있었다. 사람이 아니라 우리 안에 갇힌 짐승 같았다. 어머님은 그곳에서 기도하기를 원했다. 엄마, 여기는 들어가지 마이소. 보기 안 좋습니더. 강당에서 기도하이소. 자식들의 만류에도 어머님은 끝내 고집을 피웠다. 걱정하지 말거래이. 나는 괘안타. 날선 목소리는 어느덧 풀이 죽어 있었다.

기도원과 자포 집을 오가던 어느 날, 어머님이 대나무 울타리를 벴다. 대나무가 쑥쑥 자라서 바람이 불면 우수수 소리를 내서 무섭다고 했다. 아버님이 살아 계셨을 때는 대나무가 자라면 그때그때 잘라냈는데 어머님은 등이 굽고 힘이 없어서 할 수 없었다. 비가 와서 대나무 울타리 소리가 무서우니 와서 베어달라고 큰아들한테 전화했다. 큰아들은 사업 때문에 바쁘다고 했다. 둘째 아들한테 전화해서 대나무에 귀신이 사는 것 같다, 밤마다 귀신 소리가 난다고 와서 베어달라고 했다. 둘째 아들도 출장 때문에 못 간다고 했다. 야야, 대나무에 느그 아부지가 보인다, 무서우니 어서 와서 대나무 좀 베어달라고 막내아들한테 전화했지만 회사 일이 바빠서 가지 못했다. 그러던 어느 날, 어머님이 인부를 사서 대나무 울타리를 모조리 베어버렸다. 대나무 울타리를 자르고 나서 얼마 되지 않아 어머님이 마당의 텃밭을 가꾸다가 발을 헛딛고 말았다.

어머님이 응급실로 실려 갔다는 소식을 듣고 갔을 때는 이미 숨을 거둔 뒤였다. 자식들이 와서 보기를 바란 듯이 울타리 아래 시멘트 바닥에 핏자국을 남기고서. 자식들은 나란히 서서 핏자국을 내려다보았다.

그 뒤, 큰집에서 부모님의 제사를 지낸다고 몇 번인가 만났다.

오빠들이 오지 말라고 해서 자식 집에도 못 올 때, 우리 엄마 심정이 어땠을까.

시누이가 훌쩍훌쩍 우는 바람에 분위기가 싸늘해졌고, 급기야 다툼으로 이어졌다. 그렇게 몇 번 만나다가 나중에는 각자 집에서 추도식을 갖자, 라고 큰아주버님이 말했다. 산소도 자포에 사는 먼 친척에게 관리비를 주고 맡겼다고 했다. 조카들이 커서 결혼하면 청첩장을 보냈고, 결혼식장에서 만나 사진을 찍는 게 다였다. 막내아들을 끝으로 이제 다 결혼했으니 만날 일도 없었는데 부모님

산소 이전 문제로 자포에서 다시 만나게 되었다.

"이제 애들 결혼 다 시키고 나니까 아버님 어머님이 자포로 부르나 보다. 손자며느리 보고 싶어서. 애들은 바빠서 오지도 못했는데 서운하시겠네. 막내 손자며느리 보고 싶으실 텐데."

"그러게요, 형님. 며느리가 잘하지요?"

"그렇지 뭐. 요즘 젊은 애들이 영리하게 잘하지 뭐."

형님이 말꼬리를 흐렸다.

검은 비닐봉지에 묵직하게 쑥이 찼다. 어느새 땅거미가 내려앉고 있었다. 두 동서는 산소를 향해 걸었다.

"아버님 먼저 가시고, 어머님 돌아가신 지는 한 십 년 남짓 됐나."

형님이 말을 꺼냈다. 무덤 속이 뽀송뽀송 말라 있더라고. 그건 좋은 거라고. 그러면서 인부들이 했던 말을 전했다. 아버님은 흩어진 뼈만 담아서 나가고, 어머님은 그 형체 그대로 무덤 밖으로 옮길 거라고. 밖으로 나가다가 목이 부러질지도 모르니 나무 판때기로 목을 받쳐서 나갈 거라고, 그러면서 불에 태우는 것은 못 보니까 내려가 있으라고 했다고. 아무래도 험하게 하니까 못 보게 했겠지, 하고 말했다.

"끔찍한 것은 인부들이 톱을 가지고 가는 것을 아들이 본 거야. 마음이 얼마나 안 좋았겠어. 그걸 태워야 하는데 화덕에 안 들어가니까 토막을 내는 건가 봐. 이제 다 끝나고 뼛가루만 남았겠지."

두 동서는 논두렁 밭두렁 길을 말없이 걸었다.

연이는 옆에서 걷고 있는 형님의 모습을 바라보았다. 젊었을 때도 그랬지만 여전히 고운 자태를 간직하고 있었다. 형님도 연이를 돌아보았다. 우리 동서도 이제 서서히 나이를 먹어가는구나, 갓 시집올 때는 애기 같더니, 하고 말했다. 연이는 자포에 오면 형님이 있어서 좋았다고, 형님을 많이 의지했다고 말하고 싶었다. 말 대신 연이가 뜯은 쑥을 형님에게 내밀었다. 형님이 손사래를 치며 도로 연이의 손에 쥐여주었다. 갖고 가서 쑥버무리 해 먹으라고.

"이런 시골에 먹을 게 뭐가 있었겠어. 쑥이라도 있어서 다행인 거지. 동서도 한번 해봐. 돌아가신 어머님이 얼마나 좋아하겠어. 아이고, 우리 막내며느리가 쑥버무리도 할 줄 아는구나, 하면서."

형님이 장난스럽게 말했다.

연이는 마지막으로 봤던 어머님의 모습이 떠올랐다. 참으로 오랜만에 어머님이 서울에 올라오셨다. 큰집, 작은집을 거쳐 마지막에 막내아들 집에서 하룻밤을 묵어갔다. 늘 하던 수순이었다. 연이는 어머님이 좋아하는 소고기뭇국을 끓였다. 뭇국을 먹으며 어머님이 물었다. 니도 내한테 한이 맺혔나? 갑작스런 물음에 연이는 네? 하고 되물었다. 큰아는 내한테 한이 맺혔다고 하던데 니도 한이 맺혔나 말이다, 하고 어머님이 다시 물었다. 뜻밖의 물음에 연이는 당황했다. 아니요, 다 잊어버렸어요, 하는 말이 튀어나왔다. 그러자 어머님이 고개를 숙였다. 내가 니한테 젤 못했는데, 큰아랑 작은아한테는 그래도 한다고 했는데. 니한테 제일 못했는데. 그러면서 어머님이 뭇국을 천천히 떠먹었다. 맛나데이, 참말로 맛나데이, 하면서. 그것이 마지막이었다.

두 분이 떠난 뒤, 자포 집을 오래 비워두었다. 마당은 잡초로 뒤덮여 키 높이 자란 잡풀들이 숲을 이루고 있었다. 아버님이 기거하던 사랑채와 어머님이 생활하던 안

방과 부엌, 그리고 손님들이 드나들던 작은방과 갓방으로 이어지는 삐걱거리던 마루도 잡초에 파묻혔다. 우물은 흙더미로 메워졌고 모과나무도 감나무도 누가 파 갔는지 보이지 않았다. 대나무 울타리를 쳐낸 터라 새로 난 아스팔트 길이 보였고, 노란 벼이삭이 출렁이던 길은 축사로 바뀌어 있었다. 그만큼 세월이 흘렀다.

"이제 언제 다시 자포에 오겠어?"

형님이 혼잣말을 했다.

소나무, 참나무, 상수리나무 사이로 바람이 불었다. 무덤에 가까이 갈수록 인이 타는 냄새가 났다. 다가가서 보니 깊게 비어버린 무덤의 자리가 보였다.

소설적 연대의 미학
—강연화의 소설 세계

고유미(소설가)

"굴 속에, 깊숙한 굴 속에, 거의 완벽한 고독 속에 자리하기, 그리고 오직 글쓰기만이 구원해주리라는 것을 깨닫기, (……) 광활한 백지, 잠재적 상태의 책, 무(無) 앞에 자리 잡기, 살아 있는 알몸의 글쓰기 같은 무언가, 너무나 끔찍해 이겨내기 힘든 무언가 앞에 있기."

—마르그리트 뒤라스, 『마르그리트 뒤라스의 글』

작가 강연화는 오직 글쓰기만이 구원의 열쇠를 가지고 있음을 알고 있다. 그렇기에 완벽한 고독 속에, 소설의 세계 안에 침잠하는 순간을 두려워하지 않는다. 아니, 두려워한다. 사실 이 양면의 정서적 갈등과 쉼 없는 성찰이 강연화의 소설을 관통하는 주된 기조라고 할 수 있다.

작가들은 이중의 세계에 살고 있다고 해도 과언이 아니다. 달리 말하면 이중의 정체성 혹은 이중성을 가지고 있다고 할 수 있다. 실오라기 하나 걸치지 않은 채 현실에 맞서는, "살아 있는 알몸"의 '나'가 있는가 하면 상상의 세계에서 빚어낸 페르소나, 그 허구적 인물에 빙의된 '나'가 있다. 소설가로서 강연화가 가지고 있는 정체성은 이중의 '나'가 비교적 가까이, 때론 분리되지 않은 채 샴쌍둥이처럼 존재한다는 것이다. 이는 감각, 기억, 정서 등이 무뎌지거나 퇴색되지 않은 상태에서 '날것'의 서사로 자리매김하는 것을 가능하게 한다.

처음 강연화의 소설들을 읽었을 때의 소회는 이렇다. 아프다. 그러나 마음을 가라앉히고 통증의 기원을 더듬어가다 보면 공감하기 때문에, 짐작할 수 있기에 아픔을 느낀다는 것을 깨닫는다. 조금 더 가까이 다가가는 순간, 강연화의 소설 속에서 점묘화처럼 촘촘히 찍어간 고통스러운 시간과 지옥 같은 공간에서도 빛나는 풍경을 찾아내는 성찰의 아름다움을 만날 수 있다. 그 절절함을 참아내는 불편함과 두려움을 외면하고 싶은 마음 한쪽에 기꺼이 고통 속으로 동참하고자 하는 충동이 생긴다. 그것은 강연화의 소설이 만들어내는 일종의 '소설적 연대'이다.

이제는 안다. 폭력의 세계를 통과하여 마침내 우뚝 선 인간의 비애와 동물로 대변되는 비인간으로부터 받는 위로와 충만, 어머니 혹은 아내라는 허울 아래 묻혀버린 중년 여성들의 서사가 강연화의 소설 속에서 '날것'의 명징함으로 구현되고 있음을.

1. 결연(結緣)의 방식으로 재조명되는, 여성들의 삶

강연화의 소설은 한국 사회에서 익숙한 여성들의 고단함과 그녀들이 감내하고 있는 삶의 양상을 그리는가 하면 가족의 경계를 넘어서 비슷한 환경과 처지에 놓인 여성들과의 연대 방식을 보여준다. 소설 속 여성 인물들은 동맹의 욕망을 품고 있다. 특이한 점은 이들의 연대가 혈연이나 학연 등이 아닌 결연(結緣)의 방식으로 형성된다는 점이다.

소설 「구름이 되어 다시」에는 세 여성이 등장한다. 화자인 '미'와 그녀보다 열두 살이 어린 '은하', 그리고 '혜성'이 그러하다. 은하와 미는 '개'라는 공통의 화제를 바탕으로 전화기 속에서 만나며 서로의 감정을 나눈다. 심지어 전화 통화를 하다 은하 어머니의 임종을 놓쳤을 정도이다. 어머니도 연인도 모두 떠나고 미까지 떠나는 날에는 죽겠다고 으름장을 놓을 만큼 은하는 미에게 깊숙이 의지한다. 전화에 집착하는 은하를 보며 미는 혜성을 떠올린다. "그때의 미처럼"(138쪽) 은하의 전화는 계속되고, 혜성이 전화를 거부했듯이 미도 은하의 전화를 받지 않는다. 이후 미가 일을 시작하고 부모님의 임종을 맞는 등 일상의 시간이 흘러가는 동안에도 은하의 전화는 끊어질 듯 다시 이어진다.

미와 은하의 관계, 미와 혜성의 관계가 마치 데칼코마니처럼 유사한 패턴을 보인다. 미는 혜성의 나이 무렵에 스무 살 은하를 만나게 되는데, 은하는 미의 옛 기억을 소환시키는 매개체 역할을 한다. 모든 관계의 중심에 있는 미는 '미'이면서 '은하'가 되기도 하고 때론 '혜성'의 입장에 서기도 한다. 세 여성이 각각 하나의 꼭짓점을 맡아 삼각의 구도를 유지하는 듯하지만, 결국 여러 인물의 겹이 하나로 포개지는 서사의 흐름이 바로 이 소설의 묘미이다.

혜성은 미를 살뜰히 챙기던 사람이다. 자신도 녹록지 않은 환경에서 다른 이를 챙길 수 있는 마음은 여유나 동정이 아니다. 누구보다 미의 공허함, 그 마음의 고통을 알기 때문이다. 그러나 이들의 관계는 균열을 내포하고 있다. 균열은 상처를 동반한다. 미를 통해 혜성은 척박한 환경 속의 자신을 본다. 함께하는 동안 미에게 투사된 자기 삶의 지난함을 감지한다. 그러므로 혜성은 미를 외면할 수밖에 없다.

독자는 은하를 보면서 미를 보고, 미를 통해 아련히 포개진 혜성을 본다. 다른 행성의 주변을 떠도는 또 다른 행성처럼, 혹은 모였다가 흩어지고 흩어졌다 다시 모이는 구름처럼 그녀들은 서로의 곁을 맴돈다. 그것은 곧 잎의 무게가 버거워 "제 그림자 위에 몸을 기대고 있"(162쪽)는 푸른 나무들의 이미지로 귀결된다.

강연화의 소설 속 여성들은 삶의 돌파구를 찾아 끊임

없이 방법을 강구한다. 이는 주로 다른 여성과의 연대라는 형식으로 발현된다. 「최적의 거리」에서는 전화뿐만 아니라 만남이 여의찮으면 편지 쓰기와 같은 간접적인 방법을 통해서라도 어떻게든 소통하고자 한다. 서로의 결핍을 채워주는, 사소하지만 의미 있는 소통으로 볼 수 있다. 오고 가는 마음속에서 그녀들의 연대는 더욱 공고해진다. 그러므로 남편의 몰이해와 잔소리도 그녀들의 의지를 막지 못한다.

'나'에게 있어 그녀는 단순히 '상부상조'하는 친구 이상의 타자이다. 그러나 앞서 살펴본 「구름이 되어 다시」와 마찬가지로 「최적의 거리」 역시 아름다운 만남과 우정이 빛을 발하는 이야기로 마무리되지 않는다. 작가는 이들 관계를 본질적으로 들여다보아야 한다고 독자의 손을 잡아끈다. 보이는 것이 전부가 아니라며 틈, 곧 균열로 말미암아 서서히 빛이 바래지는 관계를 조명한다. 이쯤에서 그녀가 '나'의 심상에 어떻게 비추어지는 존재인지 살펴볼 필요가 있다.

그녀는 "눈부신 고독의 순간에"(39쪽) 갑자기 떠오르는 존재이다. 문득 전화를 걸어 "부추를 씻는데 네가 생각났"(39쪽)다고 말할 수 있는 친구이기도 하다. '나'는 마음이 울적할 때면 그녀의 집을 찾는다. "긴 머리를 틀어 올려 핀을 찌르고 하늘하늘한 원피스를 입고 담배를 피우는"(40쪽) 그녀의 자유로움을 부러워한다. 심지어 술에 취해 흐트러진 모습마저도 '나'에게는 매력적으로 다가온다. 그녀를 향한 '나'의 정서는 동경과 부러움 사이, 결핍과 충만 사이를 헤맨다. '나'는 그녀가 부르면 언제든지 달려간다. 그녀의 집에 머무르는 시간보다 오가는 시간이 더 걸려도, 빠듯한 살림에 야간 택시를 타야 하는 상황이 반복되어도 나는 어김없이 그녀의 집으로 향한다. 시간과 돈이 아깝다는 생각이 들면서도 발길은 그녀의 집을 찾는다. 무엇이 그녀의 공간을 찾게 하는 것일까? 그 이유는 다음과 같다.

> 그녀를 만나면 내 안에 숨죽이고 있던 어떤 것들이 꿈틀거렸다. 술과 담배와 음악, 그리고 자유…… 그녀와 같은 욕망이 나에게도 있다는 걸 그때는 몰랐다. 나와는 전혀 다르게 살고 있는 그녀에게 이끌렸다. 벗어나야 한다는 걸 알면서도 이상하게 빠져들었다.(48쪽)

내면에서 숨죽이고 있던 욕망의 꿈틀거림은 "벗어나야 한다는 걸 알면서도" 그녀에게로 '나'를 이끈다. 그것은 그녀가 만끽하고 있는, 거침없는 '자유'에 대한 동경이다. "나와는 전혀 다르게 살고 있는" 그녀는 '나'에게 있어 선망의 대상이다. 중학교 시절에도 그러하지 않았던가. 그녀는 '나'의 결혼 생활에 대한 안타까움을 토로하고 "남편 눈치 좀 그만 보고 당당하게 살"(47쪽)라며 '나'가 자유롭게 생활하기를 희망하는 등 '나'를 진심으로 생각해주는 듯하다. 그런가 하면 "틈만 나면 자꾸 나를 끌어들"(47쪽)이고 "말끝마다 내 걱정을 갖다 붙"(47쪽)인다. 언젠가부터 '나'는 그녀의 들쑥날쑥한 넘나듦이 불편해진다. 남편에게 거짓말을 하고 그녀의 집을 찾으면서 '나'는 "내 안에도 그녀와 같은 속성"(49쪽)이 있음을 인지한다. 단지 발현되지 않고 있을 뿐 방종과 자유를 향한 욕망은 '나'의 내면에 끊임없이 파동을 그린다.

수시로 바뀌는 그녀의 말, 기억의 오류, 마치 자신만의 드라마를 쓰는 듯한 그녀의 거짓말은 곧 '나'를 향한 질투 혹은 '보편적인' 삶에 대한 결핍의 정서를 숨기고 있다. "맑은 영혼"(52쪽)과도 같은 '나'의 이미지와 가정이라는 테두리는 그녀가 갖고 있지 않은 것이다. 결국 '나'는 어느 순간 "나보다는 그녀가 더 외롭고 슬퍼 보"(60쪽)인다고 생각하기에 이른다. 관계에 대한 감정의 결이 전복되는 순간이다. 그녀는 '나'에게 소심하니까 남편이 얕보는 것이라고, 자유를 위해 족쇄를 풀고 훨훨 날아야 한다는 말을 반복한다. 그러면서도 바쁜 일상을 쪼개 글을 쓰는 나를 인정하지 않는다. 급기야는 '나'를 겨냥한 모욕적인 사건을 주도한다.

이율배반적인 그녀의 태도는 단순히 불안정한 정서의 발로가 아니다. 타자를 향한 내면의 욕망이 반영된 것이다. 그녀는 이름을 살뜰히 부르며 늘 상대를 걱정하고 챙기는 듯하지만 정작 자기 삶의 무게, 욕망의 짐도 감당하기 어려운 상황에 놓여 있다. 소설 말미의 "너라도 건강하렴. 행복해야 해"(65쪽)라는 문자 내용은 진심으로 '나'를 향한 것이 아니라 그녀 자신을 위한 주문과도 같은 것이다.

2. 바람직한 연대의 지향점

「자포리」는 남성들의 혈연관계로 인해 의지와는 상관없이 관계가 규정된 여성들의 이야기이다. 며느리로서, 동서, 형님으로서 고된 시집살이와 시댁의 대소사를 챙겨야 하는 이들의 서사가 핍진하게 펼쳐진다.

자포는 곧 "아름다운 지옥"(169쪽)이다. 노란 벼 이삭이 바람에 출렁이고 코스모스가 한들한들 흔들리는 곳, 대나무 울타리 너머의 아름다운 풍경으로 기억되는 경북 영천군 북안면 자포리가 그곳이다. 스물네 살에 결혼해서 세상 물정 모르던 시절의 연이는 그곳에서부터 새로운 인생이 시작되었다고 생각한다. 그러나 아름다운 풍경과는 별개로 자포리에서의 기억은 고난의 서사로 점철되어 있다. 서슬 퍼런 시어머니의 시집살이로 인해 막내며느리임에도 불구하고 궂은일을 감당해야 했다.

명절이면 볼 수 있던 일상적인 며느리들의 모습 속에서도 연이를 비롯한 세 여성은 서로 의지하며 하나의 연대를 형성하고 있다. 특히 큰형님은 시어머니의 흉내를 내어 두 동서를 웃기기도 하고 매사 앞장서며 그 누구에게도 주눅 들지 않는 편이다. 아랫동서들에게 큰형님은 매우 든든한 존재일 수밖에 없다. 힘겨운 상황을 웃음으로 승화시킬 수 있는 여유는 성향의 문제일 수도 있으나 '이심전심'의 정서적 교류가 있기에 가능한 것이다.

동서 사이의 두 여인은 시아버지의 늦은 귀갓길에 마중을 가라는 시어머니의 성화에 "팔짱을 끼고"(172쪽) 더듬더듬 어두운 밤의 시골길을 함께 걷는다. 시아버지가 올 때까지 대나무 울타리 아래 서로 몸을 숨긴다. 시아버지의 환갑연을 위해 출산한 지 얼마 되지 않은 여성들이 시댁에 와서 누에를 치던 방에 아기들을 뉘어놓고 부엌과 방을 번갈아 드나든다. 큰형님의 주도 아래 시어머니 몰래 소고깃국 한 대접, 참깨 한 주먹을 집어 먹으며 혹여 시어머니에게 들킬까 봐 목소리를 낮춘다. 책잡히기 싫은 마음, 쑥을 뜯으며 달래는 마음, 풍경으로 위로받는 마음이 모두 하나임을 알 수 있다.

연이는 옆에서 걷고 있는 형님의 모습을 바라보았다. 젊었을 때도 그랬지만 여전히 고운 자태를 간직하고 있었다. 형님도 연이를 돌아보았다. 우리 동서도 이제 서서히 나이를 먹어가는구나, 갓 시집올 때는 애기 같더니, 하고 말했다. 연이는 자포에 오면 형님이 있어서 좋았다고, 형님을 많이 의지했다고 말하고 싶었다. 말 대신 연이가 뜯은 쑥을 형님에게 내밀었다. 형님이 손사래를 치며 도로 연이의 손에 쥐여주었다. 갖고 가서 쑥버무리 해 먹으라고.(196쪽)

한 줌의 재로 남을 죽음 앞에서 함께 나이 들어가며 서로의 손에 쑥을 쥐여주는 여성들의 모습은 삶의 무게를 내려놓고 초월한 듯 숭고한 아름다움을 자아낸다. 「자포리」는 여성들의 연대를 더 애잔하고 긍정적인 풍경으로 그림으로써 힘든 시절을 공유하고 견뎌낸 이들에게 찬사를 보내고 싶은 마음이 들게 한다.

젠더와 연대, 여성이 부여받은 사회적 역할은 여성의 본질적인 특질과는 거리가 있다. 여성성이란 무엇인가. 남성성과 여성성은 단순히 생물학적 차이에 의해 결정되는 것이 아니라 사회적으로 부여된 정의에 기반을 둔다. 어떤 연유로 강연화의 소설 속 여성들의 눈물겨운 연대가 애잔한 울림을 주는가. 비 오는 날 고등어 조림을 나누어 먹고, 서로의 아이들을 돌보며 마음을 보듬어주는 것. 구호와 선동이 아니어도 소소한 그녀들의 연대는 서로를 충분히 위로할 뿐만 아니라 혼자가 아니라는, 든든한 울타리를 형성한다. 그러므로 '힘을 내서 오늘을 살아내자'고 다짐하게 한다.

사회적 약자로서 폭력에 맞서는 여성들의 모습이 좀 더 직접적으로 나타나는 소설이 있다. 「폭염」에는 자주 보던 동네 오빠, 정체 모를 남자애들, 서슴없이 학생들을 추행하는 교사, 알바생에게 성폭행을 일삼는 사장, 부하직원을 노골적으로 추행하는 상사, 그리고 끊임없이 흘긋대는 남자들이 나온다. 여성을 대상화하는 시각적, 물리적 폭력 앞에서 그녀들은 광장의 구호와 고백으로 달라지는 것은 없고, 상처만 덧날 뿐이라고 자조 섞인 푸념을 한다. 반면 "가만히 있으면 뭐가 달라지는데. 얘기해서 알려야지"(110쪽), "이야기를 해서 세상에 알려야 해. 온 세상 사람들이 알도록 해야 해"(112쪽)라는 자각의 외침도 잊지 않는다.

오래전부터 알고 있었던 이야기. 우리 사회가 쉬쉬했던 이야기. 이제는 그것을 이야기해야 할 때가 온 것이다. 이야기해서 세상 사람들이 모두 인지하도록 하는 것이야말로 제대로 증명하는 것임을 이 소설은 강조하고 있다. '나는 너한테 얘기하는 걸로 증명하겠어. 내가 할 수 있는 일은 이야기를 하는 것뿐이야'라는 선언과도 같은 말은 그녀들이 서로에게 이야기하며 자신들에게 벌어진 끔찍한 일들을 스스로 증명하겠다는 결연한 의지를 내포한다. 「폭염」은 폭력에 맞서는 여성들의 연대가 자발적이고 실천적인 움직임으로 한 단계 더 나아가리라는 간절한 희망을 이야기하고 있다.

3. 심연을 견디는 방법

「창문 너머 어렴풋이」는 혈연의 울타리 안에서도 천대받으며 언어적 · 물리적 폭력에 지속적으로 노출되는 소년의 이야기이다. "이층에는 올라가지 마라"(69쪽)는 삼촌의 지시는 '나'에게만 한정된 금기이다. 삼촌의 집에서 군식구로서 눈칫밥을 먹어야 하는 '나'와 마찬가지로 할머니 역시 소외된 존재로 '나'와 동종의 연대를 형성

한다. 그러나 할머니의 죽음으로 인해 연대는 깨어지고 '나'의 고통은 극대화된다.

'나'가 불합리한 가족의 폭력에 저항하는 유일한 방법은 '나'의 삶을 사는 것이다. "가난하지만 비굴하게는 살지 말자"(72쪽)라는 좌우명을 바탕으로 또래 사촌들의 무지막지한 폭력, 그들에게 받는 "온갖 수모와 배신감"(77쪽)을 꿋꿋이 견딘다. 그리고 금기를 어긴 채 종종 이층에 올라가 위안을 찾는다. 처음에는 호기심 때문이었지만 나중에는 아래층에 있기 싫어서, '그들'이 보이지 않는 곳이기에 몰래 이층으로 올라가게 된다.

나태해지려는 마음을 다잡아 노력한 끝에 성공한 어른이 되지만 '나'는 '그들'의 불행한 현재가 반갑지 않다. 몰인정한 악행에 대한 징벌보다는 어려움을 딛고 목표한 바를 성취한 '나'의 모습을 '그들'이 목도하게 하는 것이야말로 진정한 복수라고 생각하기 때문이다. '나'는 그 누구도 아닌 '나'와의 연대를 통해 비참하고 힘겨운 삶을 극복할 수 있었다.

「초읍의 시」의 '터프'는 십오 년 동안 함께했던 개로

'나'와 둘도 없는 친구이자 동생, 형이기도 한 존재이다. 엄마로부터 제 앞가림도 못한다고 핀잔을 듣는 '나'는 시인 지망생이다. '터프'와의 산책은 '나'에게 있어 막막한 현실을 타개할 작은 숨구멍의 시간을 선사한다. 나이가 들어 쇠락해진 터프 대신 눈이 되어주며 '나'는 '터프'와의 산책을 게을리하지 않는다. 산책은 '터프'를 위한 것임과 동시에 '나'에게도 소중한 시간이다.

> 호박꽃에 가만히 코를 댄다. 코가 따끔한 느낌에 고개를 들자 호박벌이 잉잉대며 튀어나온다. 눈앞을 빙빙 돌다 하늘 높이 날아간다. 잠자리 떼가 허공에 붕붕 떠 있다. 참새들이 짹짹거리는 소리가 소란스럽게 들려온다. 잠시 한눈을 파는 사이, 나비가 터프의 코끝에 앉았다가 날아간다. 울타리에 서 있던 까치가 터프 쪽으로 걸어온다. 내가 발을 굴러 쫓는 시늉을 하자 가는 척하다가 다시 다가온다. 뾰족한 부리로 쪼면 어쩌라고. 앵앵거리며 따라오는 앵벌도 쫓아버린다. 비둘기들이 한데 모여 있는 곳은 피해서 가자.(20~21쪽)

인용문에서 '터프'의 모습을 묘사하는 시선에는 세심

함과 다정함이 묻어난다. '나'는 '터프'를 위해 뾰족한 가지를 치워주고 깨진 유리 조각, 돌멩이, 쓰레기, 토사물 등을 없앤다. 눈이 먼 '터프' 덕분에 예전에는 미처 보지 못했던 것들이 비로소 '나'의 눈에 들어오기 시작한다. 이때 '나'와 '터프'는 서로에게 꼭 필요한 타자가 된다. '나'는 눈이 먼 '터프'의 안전과 건강을 위해 노력하고, '터프'는 그런 '나'에게 안정감과 위안을 준다. 인간과 비인간인 동물의 관계이지만 이들의 연대는 언어가 아닌 정서적인 공감의 영역에서 이루어진다. 공고한 연대가 있었기에 '터프'의 죽음 이후에도 '나'는 쓸쓸함을 딛고 앞으로 나아갈 동력을 얻는 것이다.

강연화의 소설에서 다양한 형태로 조명되는 연대의 모습은 궁극적으로 보다 나은 인간의 삶을 위한 방편의 하나로서 의미를 지닌다. 인간은 연대의 방식을 통해 고단한 현실 속에서도 외롭지 않을 수 있다. 또한 견고한 폭력의 벽을 타개할 힘을 모으는 것이 가능해진다. "너무나 끔찍해 이겨내기 어려운 무언가 앞"에서도 무너지지 않는 힘. 그것이 바로 강연화의 소설이 가지고 있는 원천이자 연대의 미학이다.

언젠가 라디오에서 우연히 들었던 멘트가 떠오른다. 동박새는 동백나무를 좋아하고, 자작나무는 오목눈이새를 좋아하고…… 아마도 내가 좋아하는 새를 보려면 그 새가 좋아하는 나무를 심어야 한다는 말끝에 인간관계에 대한 내용을 덧붙였던 것 같다. 미루어 짐작하건대, 내가 그 사람을 만나고 싶다면 다가가기보다는 그 사람이 머물 수 있는 자리를 마련해야 하는 건 아닐까 싶다.

이 책에 실린 소설들은 거리(距離)에 대한 이야기다. 나에게 '최적의 거리'를 가르쳐준 모든 이들에게 감사드린다. 소설집을 묶어준 강출판사와 이명주 편집자에게도 고마움을 전한다.

2025년 겨울

강연화

수록 작품 발표 지면

초읍의 시 _『문학무크 소설』 2018년 여름호

최적의 거리 _『오늘의 좋은 소설』 2020년 겨울호

창문 너머 어렴풋이 _『주변인과 문학』 2018년 가을호

폭염 _『작가와 사회』 2018년 겨울호

구름이 되어 다시 _『작가와 사회』 2023년 봄호

자포리 _『주변인과 문학』 2021년 여름호

최적의 거리

1판 1쇄 발행 | 2025년 12월 31일

지은이 | 강연화
펴낸이 | 정홍수
편집 | 김현숙 이명주
펴낸곳 | (주)도서출판 강
출판등록 | 2000년 8월 9일(제2000-185호)

주소 | 서울시 마포구 동교로17안길 21 (우 04002)
전화 | 02-325-9566
팩시밀리 | 02-325-8486
전자우편 | gangpub@hanmail.net

값 15,000원
ISBN 978-89-8218-380-5 03810

* 본 도서는 2025년 부산광역시, 부산문화재단 〈부산문화예술지원사업〉으로 지원을 받았습니다.